故事許願機

——你許一個願，我用一個真實人生故事回答你

王蘭芬——著

目錄

自序
整個宇宙都是你的許願機 6

一號許願機
我的人生想轉彎

這裡躺著一個熱愛生命的女人 10
妳長得也沒多漂亮嘛 20
Sunny和瘋子的故事番外篇之豆豆店長 37
全世界最勇敢最好笑的指揮家夫人 41
爆笑花藝教室 70
小香很忙 75

坪林阿信 88
少女小華 96

二號許願機

回憶總是占我心

我們在泰良二村的歲月 116
再見白門 128
心臟科名醫的輕狂年少 133
破案 140
抱歉我錯過了你 144
那個男孩終於長大了 150
我們班的白馬王子 156

前男友隔壁寢室的學弟 163
我跟妳老公睡過 171
山氣日夕佳 176
一瞬之間 184

三號許願機
又哭又笑的閃亮時刻

企鵝大哥 190
洗窗工人的祕密 193
我覺得她很漂亮 196
中正區伊麗莎白 199
他的手機響了 201
台大醫院靠窗那邊的一張輪椅 205
阿甘在中正紀念堂 208
侍酒師的故事 213

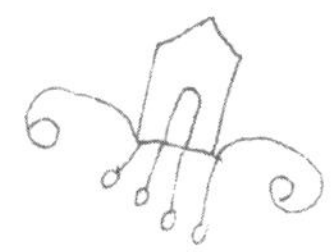

四號許願機

幸福藏在細節裡

夜班警衛系列 222

法國巴黎如何改變了打掃阿姨的人生 232

我的青春都靠你 239

林老闆生機勃勃 243

馬來西亞小偉的土撥鼠日 246

最近我的醫師袍比較乾淨 250

霸道總裁教你滑雪 253

高雄男生 258

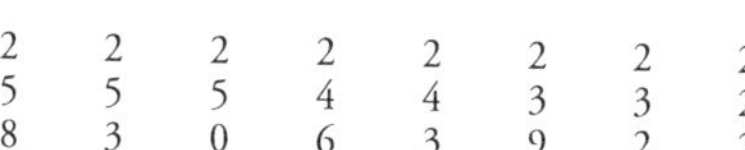

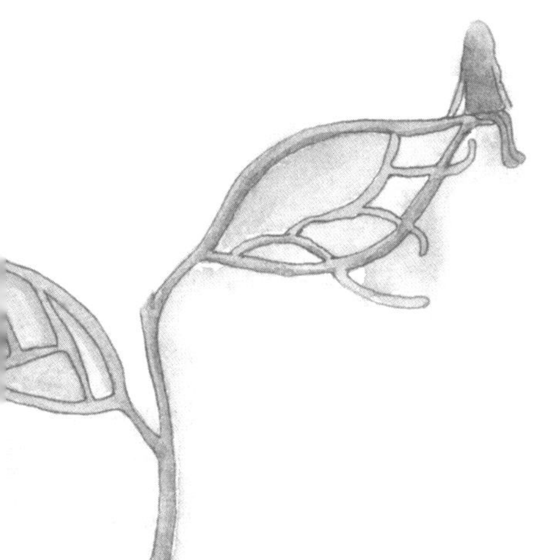

自序

整個宇宙都是你的許願機

多年前我在時報出小說時認識的可愛女生朋友棋子，二〇一六年因癌症過世，她先生、攝影師叮咚在臉書上寫：棋子，妳去哪裡了，為什麼我怎麼Google都沒有妳的消息。

一直無法忘記這句話。

是啊，我們任何問題都Google，好像它是潘朵拉盒子的鑰匙，只是叮咚這次打開時，盒子裡空無一物。要是連Google都沒有結果，我們的悲痛、期待、願望、疑問、狂喜……將在廣袤無垠的宇宙間何處定位，如何安放。

那天我把第一次在出版社辦公室見到棋子的景像寫下，放在臉書上，數日後告別會上叮咚說，他看到蘭芬姊寫的，才想到可以辦一個這樣的儀式，讓所有好朋友來說說過往點滴。

我上台講棋子很好笑的那些事，坐在第一排的棋子爸媽，那麼感激地望著我，那麼專注地聆聽，他們流淚，然後大笑。

從此我更是認真寫下身邊所遇到各式各樣朋友的故事，必須說我真的很愛聽，又超會寫（無恥），一個個生命在我的文字裡被打磨、還原出應有的閃亮。

就在寫這篇序的前一天，叮咚告訴我，他與再婚妻子生的女兒小實，已經四個月大：「當高齡爸爸好累啊，黑眼圈都跑出來了。」謝謝棋子在天堂的守護，他結婚、生小孩都跟棋子爸媽報告，也把小實帶回去給他們看：「當年那麼痛苦的時候，怎樣都不會想到會有這一天啊。」

Google 搜尋不到的，上天用時間給人們結果。

每次完成了作品，鬆手讓他們上升，化作滿天星斗，讓那低頭許願的誰仰起臉來時，便能看到答案。

我寫真實人生故事，於是整個宇宙都是你的許願機。

一號許願機

我的人生想轉彎

人生很多事情，不是可以全然掌握，
都要用正面態度盡力去做，
千萬不要自我設限。

這裡躺著一個熱愛生命的女人

莫非是名人

寫了〈南海路高中傳說〉後，好多媽媽傳訊息跟我聊她們的兒子。其中有位講話特別快，爽朗，光看電腦螢幕噹噹噹跑出來的文字就覺得無比俐落，句句重點。於是好奇地問，要不要出來喝咖啡認識一下呀，感覺妳有好多故事。

馬上收到回答：好啊好啊，想知道故事的話剛好最近我要去政大演講，要不要來聽？

啊演講，這位莫非是名人？認真再看一次名字，咦好像沒聽過，趕快再去臉書仔細瞧瞧，媽呀果然好像是個大人物，轉頭問老公：你知道一個叫吳惠瑜的嗎？她好像是英特爾台灣區第一個女生總經理耶。

老公說幹嘛講這個，妳哪裡懂什麼英特爾。

「她來找我聊天，還問我要不要去聽她演講！」

「才怪。」

一直都有點害怕女強人說，但為了讓瞧不起人的老公看看我的厲害，只好硬著頭皮冒著大風大雨，坐捷運又轉公車地夜奔政大。完全沒想到的是，這個小小的決心，帶給我超棒超感動的收穫。

說吳惠瑜是女強人一點也不為過，歷任英特爾總經理、威盛電子副總經理、必陞科技總經理兼任研碩電腦副總經理，現為公信電子總經理。

初初在臉書上看到她的照片跟資歷時，我那長久被制約（而且吃太多垃圾食物）的腦子立即反應：準是含著金湯匙出生、一路發展順遂，富二代的名媛吧。

像看到江蕙

沒想到演講一開始，她在我完全沒有心理準備的情況下亮出幾張黑白照片：

「我是艋舺貧民的孩子，整個小學時代只有一條學生裙，特意買很長，摺一大塊縫起來，每年放一點，到六年級時那條裙子終於恢復它原本的長度。」鞋子更是珍貴，下雨天將兩隻鞋的鞋帶綁在一起掛脖子上打赤腳以免弄濕，家裡有空間的地方全養了豬，「晚上要把豬推到旁邊，一家八口才有地方睡覺。」

爸爸是人力三輪車夫，晚上在屠宰場載運豬肉，媽媽跑到基隆港打草繩，還有賣陽春麵、削甘蔗、開租書店來養活六個小孩。

為了改善家境，她五歲被送去學唱歌跳舞：「才一年兩個月老師帶我去參加台北市民族舞蹈比賽，居然得了第二名，由此可見當時小朋友學才藝的情況非常不普遍，競爭也非常不激烈。」

七歲開始，每天下午三點放學後穿上和服遊走北投熱海飯店、華南大飯店、中山北路錦州街日式酒吧的那卡西唱歌，還加入康樂隊在人家的婚宴上表演，一招雙人翻筋斗大受歡迎。

「每唱一首日本歌，日本客人會給小費，美金一塊。那是美金對台幣一比四十的年代，生意好的時候一晚可以賺到三千塊台幣。我姊姊在北投國中當老師，一個月薪水也才三千塊。」

如此一路唱到十歲，某天那卡西老闆，一位上海來的高個子慈祥老爺爺把她爸爸叫去，問：你們家阿瑜很有天分，有幫你們賺到錢吧？吳爸爸說有。欠債都還清了吧？還清了。房子呢，房子買了嗎？買了買了，在新莊。

「那就別讓她唱了，她腦子這麼好，記一百首日本歌輕輕鬆鬆，回去念書一定成材。這種地方好賺是好賺，但畢竟是風月場所，小孩待久了，會變成小姐。」

吳惠瑜因此回歸，五年級才開始認真上課的她，果然像老爺爺所說，馬上變成全班第一：「爸媽都沒念過書，只教我們兩個道理，一個是做事要認真，一個是做人要善良。」

爸爸不識字，刻了一個印章交給她，有什麼文件都讓女兒自己決定自己蓋章。「真有智慧，這教會我永遠對自己負責，你騙得了任何人，卻騙不了自己的良心。後來面對員工我仍是這個原則，最討厭掩蓋問題。」

台灣英特爾史上第一位女性總經理

一九八五年政大統計系畢業後到同班同學（所以在學校要跟同學好好搏感情）

家裡開的LED小鬧鐘工廠工作，月薪一萬一，幫忙排生產線作業流程。

後來去高林大貿易商做業務助理，賣橡木馬桶蓋到美國，主要工作內容是排船期、追信用狀。

她看業務總不用在辦公室裡待、四處跑，心生嚮往，主管說那妳跟他們出去一次看看。「結果跟對方見面，馬上互敬檳榔，想催貨喔，那來拚酒，一瓶高粱換一箱貨，回去我馬上繼續說我要當業務助理。」

經過昌寶電子、高林企業、V&V Systems三家公司歷練，一九八八年進入英特爾，在這裡待了十六年，從業務助理做到台灣區總經理，將公司業績從二十億美金成長到四十五億美金。

當時台灣英特爾還是個年輕的公司，她進去是第七名員工，當業務助理。這次她又向夢想挑戰，想當業務工程師，老闆一口回絕，原因是沒有電機相關訓練。

我可以學啊，她說。老闆考慮十天後回答：我請同事幫妳上電子學跟電磁學，每週五考試，都通過了就讓妳當。

誰也沒想到她拚命堅持了下來，且一上就是一年：「這些教我的人自己都是電機系畢業的，看我商學院大多隨便教教，只有一個人特別認真、特別有耐心，後來他變成我老公。」

結婚、生子、事業有成，有錢有勢、人生勝利組一名，她提到：「我先生念台大EMBA時需要四封推薦信，我打電話給四個人的祕書，請他們半小時內簽好名傳真給我，果然半小時內我全數收到，那四個人是——郭台銘、林百里、施振榮、施崇棠。」

由此可知吳惠瑜的成功。

但接下來的故事，才讓我真正佩服了這個女人。

一棒打落太平洋

二〇〇四年，曾兩度獲得英特爾成就獎的吳惠瑜，無預警遭鬥爭解職，業界一片譁然，甚至傳出她被列入黑名單。此時此刻台灣只有一個人不怕英特爾，威盛電子董事長王雪紅打電話給她：我已經等妳十五年。

先生勸她：「妳靠自己爬上聖母峰，卻被一棒子打入太平洋載浮載沉，現在一定要游上岸再一步步爬回高峰。」吳惠瑜說：「這句話點醒我，立刻接受威盛的工作。」半年後她從總經理室特別助理升任至全球業務副總經理。

就在前景似乎一片大好、正要再展鴻圖之際，卻突然發現長了腦瘤。當時孩子還小，她自己收好行李，寫好遺書，交代了錢跟保險，再三叮嚀先生今天是繳稅最後一天。經過八小時手術，在家人焦急等待下終於醒來，睜眼看到老公她第一句話問：「稅報好了嗎？」

十天出院，感覺恢復良好，一到家卻開始高燒不退，吳惠瑜說她跟她先生神經都有點大條，居然撐了三天才去急診，立刻被送進正壓隔離病房，又燒了三天才檢查出原來是菌血症，差點沒命。

一般人遇到這些情況一定會很低潮，但吳惠瑜滿腦子只想著這樣好對不起老闆。再度出院她更拚命工作，頂著大光頭搶訂單，一口氣去廣達做了七次簡報，去到人家說好啦好啦訂單給妳。妳不要再來了。這是威盛第一次切入廣達供應鏈。

沒想到老天給她的考驗不只如此。手術後雙腿持續疼痛，一直換科看、復健都不見效果，最後進了骨科檢查，才發現是髖關節骨頭缺血性壞死：必須開兩次刀把兩邊都換成人工關節，開完第一次時還拄著拐杖陪小孩去聽伍佰演唱會。

天吶，妳從來沒沮喪過嗎？

沒有，完全沒有，我真的很樂觀，問題來了，面對就好，更何況我覺得我一定會好。

到這邊大家都看出來了吧，她完全不是含著金湯匙出生，更不是一路順風順水的富二代，再來，她也並非小孩全都健康聰明乖巧的幸運媽媽。

她兒子智商極高，的確一路念書都沒讓她操過心，但女兒與弟弟完全不同，身體上有許多狀況：所有媽媽會有的煩惱我一樣也沒錯過。

「我這輩子價值觀最大轉捩點，出現在腦瘤開刀完的某一天。看護餵我吃稀飯，見湯從嘴角流出說妳要不要拿張衛生紙擦一下，可是我怎麼也拿不到衛生紙，事實上，不僅手抬不起來，在那瞬間，全身都不能動只剩下眼球可以轉。」向來大膽的吳惠瑜難得如此驚嚇：「突然間明白，以前看重的榮華富貴、名牌精品，根本一點用都沒有，在生命最脆弱時，妳只會想著家人、親人、朋友，那全身麻痺的四十秒改變了我的人生。」

「以前一年可以花兩三百萬亂買，一百五十二坪的家裡有六座大衣櫥裝滿了名牌，每次跟名媛朋友坐下來就是比行頭比配備，大病之後我把所有包包都送人，一有空就會到小孩學校的家長會當志工。還找回政大統計系橫跨二十屆超過九百位系友，把系友會運作得熱熱鬧鬧。」

把交到你手裡的每一件事認真做好

吳惠瑜年輕時相信命運掌握在自己手中，但現在她學會人生很多事情，不是可以全然掌握，「但你可以克服命運、性別、年紀、健康、家庭環境的約束，千萬不要自我設限。遇到困境時一直問『Why me』是無濟於事的，人生的路很長，不論求學、戀愛、結婚、生子、就業，各種考驗總是接續而來。」

她說：「不管能不能安然度過，都要用正面的態度盡力去做，結果好壞不能代表一切，重要的是，那美好的一仗我已打過。」

吳惠瑜有一段話，我怕忘記，到家立刻學給我家小孩聽：「不要為名利做事，只要把交到你手裡的每一件事認真做好，你就成功了。」

「以前跟朋友聊天講到墓誌銘，朋友都笑說我的墓碑上應該寫『這裡躺著一個女強人』，但年過半百的我現在追求的是——『這裡躺著一個熱愛生命的女人』。」

那晚一起的，絕大多數是政大學生，說真的從來沒見過現場氣氛掌握得如此好、聽者百分百全神貫注的演講。這些學生好幸運啊，我心想，我也好幸運，而能讀到這篇文章的你，也一樣幸運呢。

是說，將來我的墓誌銘該寫什麼呢？（歪頭）

妳長得也沒多漂亮嘛

一九八九年剛從台大外文系畢業的 Sunny 決定參加中泰救援志願團，前往位於泰國邊界的難民營。

用現在的話，說她是一位公主一點也不為過。身高一七〇纖細柔弱皮膚白皙一頭長髮高鼻大眼，講話嗲個半死，在學校是風雲人物，很多人追不說，還是合唱團團長。家境優渥，已經在家人的安排下準備移民加拿大。

但大小姐其實有著外表看不出來的火熱內心，渴望著為這個世界甚至整個地球做點什麼，於是跟爸爸媽媽提出「如果讓我去泰國當志工我就聽你們話去加拿大」的要求，順利坐上前往曼谷的飛機。

帶著一半的期待和一半的不安，她與另一位男團員進到當年的舊機場四處張望，果然找到一張白紙上面用中文寫著他倆的名字。拿著紙的是個高大的男人，皮膚被泰國的太陽曬得黑亮，身上的T恤看起來已經洗了又洗邊緣綻線，牛仔褲更是又破又舊。

男人見到他們摘下使他顯得冷酷的墨鏡，笑起來的臉露出很白的牙頓時有了陽光的氣氛，卻沒有說什麼歡迎詞，從她手上接下行李便逕自往前衝，一面說：「一早忙到現在什麼都沒吃快餓死了，我先找個吃的。」

兩個還像小孩的年輕人緊緊跟著，待他終於找到地方坐下來，問新團員要不要什麼，他們趕緊搖頭說沒關係剛剛才在飛機上吃過。男人點來河粉，唏哩呼嚕吃了半碗，才突然抬頭仔細看看女孩，然後說：「其實妳長得也沒多漂亮嘛。」

原來台北辦公室通知這個大家叫「老大」的工作站主任新人要報到時，就像發現新大陸般加了一句「有個女團員長得很漂亮喔」，引來這番後話。不明就裡的Sunny低頭看看自己胸前別的名牌，明明就只寫著名字。她真的很想回嘴，請問我身上有掛牌子寫我長得很漂亮嗎？但在這男人面前，她暫時還沒這個膽。

Sunny當時不知道，這趟四個月的泰國行，將完全翻轉她的人生。

那天吃飽後卻還在機場待了幾個小時，因為要等團長。團長跟他們一起從桃園機場出發，卻先飛到香港轉機，因為「老大」拜託他幫忙買一大箱保心安油。

難民營裡的難民有吃有住，還有志工團精心安排的各種技能課程，但醫藥還是比較缺乏的，大病可以找醫療團，但一些日常裡的小毛病什麼筋骨痠乏鼻塞頭痛時不時困擾著他們。

老大在難民營裡可說是神一般的存在，他深入泰國民間聘請美髮、木工、廚師等專業人士進去開課。還要組織球隊，平息紛爭，調解人事，擔任知心大哥聽人講心事。看到很多難民心煩於病痛讓他下定決心回台灣數月，一一拜師學習針灸、按摩跟整脊，之後開課教導大家基本保健方法。保心安油來到，一人一瓶熱推冷擦，在處處可聞的辣涼薄荷味中，那些哼哼哎哎的嘆息聲頓時少了許多。

Sunny主要工作是教英語跟華語，營區條件艱困，她努力克服了衣、住、行等問題，只有「吃」這一關一直過不太去。

公主嘛，總是有點偏食，那段時間她的胃就是沒辦法好好消化肉類，常跟泰國廚師在那邊比手畫腳，請人家炒青菜不要放肉。那天兩人又是一番雞同鴨講，老大靠過來冷著臉問怎麼了。

她來這裡最不想被認為不合群，但長官的態度總讓她無法有效隱藏自己，只好吞吞吐吐說，我一樣給他十塊錢但不用加肉進去嘛。老大看著她，她越講越小聲，最後眼睛只能望向自己穿著涼鞋的腳。

妳不吃肉？他問。

嗯。

那簡單，妳也不用為難他了，讓他照樣煮，以後妳吃飯來找我，不想吃的我統統幫妳吃掉。

於是他們開始了三餐都坐在一起的習慣，她夾一筷子青菜，他夾一筷子肉。漸漸的以前圍著老大坐的人很有默契地讓他們獨坐，她卻沒想那麼多，這男人比她大十歲，已經在難民營待了好多年，就算每三個月簽證到期得回台灣，他也毫不失約一再來泰。他可能一輩子都會在這裡，她想，可是我要去加拿大啊。

兩個月後有個長假，老大帶著所有志工去泰國外海一個小島度假。那晚大家吃過飯躺在比她睡過所有最好床墊都還要柔軟的純白沙灘上看星星，男人指著毫無光害的天空，要他們跟著他的聲音找，這是仙后座，看到了嗎，大熊小熊星座，然後講了一個長長的關於希臘神話的故事。她恍恍惚惚地聽，突然一個念頭閃進心裡，他到底是誰，有著怎樣的過去，怎麼能夠什麼都會，什麼都懂，如此堅強，還，還如此浪漫。

等她意會過來，沙灘上已經剩下他們兩人，而天邊，居然已經微微亮起，她與老大在沙沙海浪聲中並肩躺了一夜。

●

Sunny 覺得困惑，只有上課時她能專心，一離開工作她忍不住會去找老大的身影，找到時瞬間感到開心，但下一秒又想躲開。

未婚女生難免會注意身邊可能的對象，事實上也從來不缺關心她的男性，但那個總是在忙總是在跟人說話總是誤了吃飯時間抓著一串香蕉丟在車裡馬上踩油門衝出去做事、既不帥又不年輕、明明就不應該是可能對象的男人，為何就是讓她牽掛。

那天正巧遇上泰國節日，小小街道上人山人海，他們同行處理事情很快被淹沒人群之中，他在前面時時回頭喊，她在後面顧著腳步跟包包還得抬頭回應。突然下一秒他不知為何就在身旁了，眼睛望向要去的地方，左手卻牽起她的右手，她嚇一跳走慢了半步，他笑著說，好朋友手牽手。

所以他們是好朋友而已嗎？還是比好朋友還要好一點？什麼都還搞不清楚，別人卻先定調了。女方很快被其他團員孤立，各種竊竊私語流傳：她一定只是玩玩的……老大才剛經歷情傷這下很快又要再經歷一次……老大太可憐了……

公主很美，公主嬌弱，但公主也是禁不起人家激的。

大家越是說她不是認真的，越是說他們不合適，她就是要認真，就是要合適。但除了賭氣，她心裡明白自己是服氣了。

這個男生心地善良，聰明絕頂，對於這個世界、整個地球的熱情比她還多。雖然他們太不一樣了，將來一定會吵個不停，但公主想收了浪子，因為當他說好朋友手牽手時，她就無可救藥地愛上他了。

四個月志願工作結束後，她把老大帶回家裡，介紹這是我男朋友。

蛤?!家人大吃一驚外加痛心疾首，追問之下，發現他在泰國待了七年，大學也念了七年換了好幾個學校才畢業。

有沒有專長？他抓抓頭說很多專長，像是辦活動，像是剪頭髮，喔對了還會登山跟滑雪，在合歡山當了好多年滑雪指導員。有積蓄嗎？那個的話倒是沒有。

幾乎是半被趕出家門的。兩人坐在公園椅子上，安靜很久很久，最後老大開口了，妳爸媽不贊成，我們分手吧。

Sunny 氣得要命，高跟鞋細細鞋跟狠狠抵著都要整支沒入草地中了，你是老大耶，不是沒有什麼可以難得倒你，怎麼這麼小的狀況就退縮，你說過人生不要留下遺憾，任何事都要全力以赴，我不值得你全力以赴？

老大思考之後辭職回到台灣，他熱愛這份工作，但為了 Sunny 必須忍痛。三十多了，沒有錢，沒有房子，沒有車子，沒有存款，甚至沒有一個可以讓她家人安心的班可以上。

在世人眼中一無所有的他，卻得到這個年輕美麗的女孩非嫁不可的心意，能說什麼，當然就是拚了，帶著她一起活出最好的樣子。

半年後結婚，Sunny 旋即在家人要她守信的請求下去了加拿大坐移民監。他們心裡清楚，這安排不外是期待兩人會因為分離兩地而自然分手。

老大是鐵漢啊，再高的山再冷的雪再難的坎他都沒在怕的，但岳父母的冷淡他心裡過不去。他去加拿大或是 Sunny 回台灣，都會刻意避開與她家人碰面的機會。Sunny 爸爸是大老闆，這個女兒又是掌上明珠，認為她不是下嫁而是根本不該嫁，看見老大就有氣，躲著彼此的兩人隔空都持續著隱形的劍拔弩張。

●

老大當年學分老是被當是因為瘋登山，整個漫長的大學時代不是在山上就是在前往山的路上。後來登山的學長找他去當救國團合歡山滑雪營的指導員，每年寒假都待在海拔三千公尺的滑雪訓練中心。

那個年代的纜車建造困難，加上台灣永遠避不了的颱風侵襲，合歡山滑雪可不像今日大家去世界各地滑那麼輕鬆，每次纜車一故障，他就得帶領學員穿著沉重的雪鞋、扛著沉重的雪板走四十分鐘到山上，很多人走哭了，他還得哄，結果滑下來不過是幾秒鐘的事。

不能算是輕鬆的工作，但從這時候開始著迷於白色世界，注定終身不離不棄，也因為永遠可以冷靜大膽判斷、熱情衝向無人之地，贏得現在更多人知道的名號——大家都叫他瘋子。

回台灣後他應以前合歡山雪友邀請，進入雪協幫忙。雪協一直致力於培養滑雪教練並推廣滑雪活動，但因為台灣實在沒有適合滑雪的地點，因此不時還是會有無處著力的空虛感。

二〇〇四年原本與雪協合作的旅行社決定獨立運行，老大，也就是瘋子必須立刻接下營業重擔，那個在泰國難民營到處找資源、擅長無中生有的男人再度燃起熊熊心火，對外勤跑韓國日本開發可能合作的雪場，對內大張旗鼓拚命招攬願意嘗試的滑雪新手客。

那年冬天，他們單靠自己的力量就找來了七百個滑雪旅客，接下來三年，更是以每年40%的幅度成長。雪協培養的眾多滑雪教練也跟著熱血沸騰，他們終於可以一整個冬天都在很好滑的雪場滑個不停了，就算要看原本工作老闆的臉色硬著頭皮一次請假一個月，或是乾脆工作辭掉等滑完再重找，這樣都甘願。

喜歡滑雪的人有句親身體驗後都深信不疑的話——滑雪會上癮。

事實證明，滑雪不但會上癮，還會傳染。參加過瘋子經手滑雪團的旅客不但年年回來報到，還會樓頂揪樓咖阿母揪阿爸。一次瘋子坐在辦公室裡，突然一個媽媽帶全家人衝進來，喊著他們剛剛下飛機，問有沒有明天的團他們要馬上再去一次，實在太有趣了，小孩長這麼大還沒有一件事可以讓他們投入到願意放下手機的。

瘋子明白，到這個時候，滑雪場不是問題，旅客人數也不是問題，最大問題已經是機位了。

幾百人還可以華航喬三十個，長榮喬四十個，等人數上千，加上很多滑雪場所在地是台灣並沒有直飛的航點，必須包機。瘋子跟合作的旅行社向航空公司洽詢，回覆是包機沒問題，但必須先付訂金。

一季包機的訂金是多少？四千萬。

瘋子覺得合作的旅行社老闆應該晚上都睡不著覺，簽下四千萬的本票，然後在這樣一個連一座標準滑雪場都沒有的南方小島上，要找來可以裝滿好幾架飛機、只為了去某個定點的滑雪客，怎麼想都像一場豪賭。

幾次下來，瘋子決定自己成立一家專門的滑雪旅行社。大家都被他嚇到，問他錢要從哪裡來該不是瘋子真的瘋了吧，還有人打聽是不是 Sunny 娘家會金援他。

Sunny 知道老公一塊錢都不會跟她拿的，她嫁這個男人要的原本就不是榮華富貴，她嫁的是他豪邁深情的人生態度，與想和他一起望向世界的肩並著肩。

他們夫妻的相處親密又各自獨立，瘋子沒拿過Sunny娘家一塊錢，Sunny也有自己喜歡的工作，十六年來一直待在航空業。就算二〇〇七年「雪精靈」滑雪專門旅行社成立，她也只是冬天的時候會短暫幫忙處理票務，完全不想當個順理成章的老闆娘。

二〇一一年瘋子評估業務擴展太快太複雜，決定成立自己獨資的高豐旅行社，Sunny終於第一次開口抱怨：「有必要這麼辛苦嗎？我們兩個加起來都一百歲了。」她老公笑咪咪看著她，男人頭髮比以前白了很多，但眼睛裡閃亮的什麼卻跟他們初識時一模一樣，他回答：「一點也不辛苦，很好玩啊！」

誰承想，那年三月爆發福島核災，全世界前往日本旅遊的人數驟減，瘋子卻決定反向操作，一口氣包下二十班滑雪班機。

員工都嚇呆了，他鎮定自若，拿出世界幅射統計表，指著其他有滑雪場的國家讓大家看，他們的幅射都比北海道高啊，為什麼要改去別的國家？現在不飛旭川太可惜了。於是大家只好卯起來宣傳，老闆也親自去航空公司談出了極好的條件。最終在日本旅遊最慘澹那年，高豐的滑雪包機做出了八成八達成率，也因此奠定瘋子在極重視信用的日本滑雪場業者心目中的地位。

那年雪季結束後，瘋子對 Sunny 說：「看吧，是不是很好玩？」水某回給他一個大白眼。

第二年，Sunny 趁著陪爸爸看醫生的機會，吃過飯說：「爸，我們去一個地方坐一坐。」就在那天帶著爸爸去高豐位於南京東路的辦公室。老人一到，員工熱情起身招呼，每個人都來喊阿北你好，請坐啦，要喝茶還是咖啡？他到處走走看看，詢問營業的狀況，然後點點頭。

跟 Sunny 結婚十幾年，瘋子第一次接收到岳父正眼看他的目光。Sunny 爸爸抬頭對著從辦公室最裡面走出來的他說：「美賣美賣。」

一個禮拜後他打電話給女婿：「你們不是帶人家去滑雪的嗎？我投資你，我們開那個去南極的滑雪團。」瘋子答：「阿爸，我也很想啊，可是南極沒有纜車，爬不上去山上怎麼辦。」兩人同聲笑出來，兩代男人此時算是終於正式大和解。

Sunny 說，後來想起來，這樣的和解來得及時且珍貴。誰也沒想到向來身體硬朗連慢性病都沒有的父親，三個月後毫無預警地心肌梗塞過世：「至少在他走之前，對我應該算是放心了吧。」

●

算起來兩人認識到現在正好滿三十週年，Sunny說：「好可怕，我居然跟這個人在一起這麼久了。」

一結婚她就覺得不對勁，她自己是愛乾淨得不得了的人，瘋子卻是你叫他去洗澡他不要，叫他去刷牙他也說不用；老公愛登山滑雪騎車玩船，老婆每天只想窩在沙發裡喝咖啡看雜誌看書看電影。

這些都算小事，Sunny婚後最不能忍受的是瘋子居然喜歡打麻將，別說打到三更半夜，有時根本好幾天不回家。那這樣居然還可以繼續過下去？她笑道自從二〇一一年北海道包機那次豪賭後，瘋子像是骨子裡賭徒性格的渴望突然被滿足，從此再也不打牌。

「什麼賭徒性格，我這叫有膽識！」瘋子在旁邊笑著補充。

瘋子到現在還是天天喊Sunny「寶貝」，說她「個性真的很可愛」：「以前打兩整天麻將回來，一進門就剉咧等，看會被怎樣嚴厲處罰，結果她氣嘟嘟地說，我不管，你一定要親我一百下我才要原諒你！」

兩人因為個性南轅北轍，常常吵架，但就算氣到發抖，Sunny 最後還是都會說，好吧，只要你抱抱我，我就不氣了。

結婚沒多久便分隔兩地，到開公司前兩人都窮得要命，一開始是不敢懷孕怕養不起，到後來想要時卻沒有動靜。順其自然的態度並沒有等到結果，但他們很快釋懷。Sunny 認為從輪迴的角度來看，或許是因為他們前輩子沒有欠誰什麼。瘋子覺得以前在泰國難民營已經跟很多很多小孩相處過，他像一個爸爸那樣付出，現在公司那麼多年輕同事也正像自己的孩子，「我跟 Sunny 說，我們就把父愛母愛用來好好照顧他們。」

最近高豐運動網位於八德路台視旁邊全新兩百多坪新空間正式落成啟用，可以說是夫妻兩人與公司員工共同的美夢成真。除了旅行社、滑雪用品店外，還包含咖啡廳、運動教室、提供租借的多媒體館和展講各種新興運動的推廣中心。

瘋子說，正因為他們沒有小孩，沒有後顧之憂，所以他全部力氣與金錢會放在照顧員工、培育台灣運動專才和介紹更多有趣運動項目給大家上面。像是前陣子他特別前往挪威考察立槳衝浪（SUP）行程：「住在河邊的小木屋，每天早上起床馬上下水玩 SUP，好景好水，如夢似幻，太過癮了。」

一九八九年八月二十四日（Sunny 記得好清楚），是她與瘋子在曼谷機場人生第一次見面。從少年進入初老，曾經歷了那麼多人生高潮低谷，兩人共同的感想是：「到目前為止，還算是快樂地在一起。」他們也感謝相遇是在難民營：「在那裡大家什麼都沒有，只有一顆真心，所以可以把人看得很清楚。」

問瘋子，那次說人家長得也沒多漂亮，那現在呢？

現在啊：「現在當然是變得非常漂亮，因為她嫁給我了嘛。」笑著看向那個非常漂亮（而且在翻白眼）的女人。

沒有後顧之憂、目前還在一起、又創事業高峰的 Sunny 跟瘋子怎樣看自己的未來？

瘋子說：「不會退休，退休是有在工作的人說的，我開的公司做的事業都是在玩，退什麼休呢？」

「對呀，」Sunny 指著老公：「他說要一路玩到掛。」

總有人說他們的結合是「美女與野獸」、「小姐與流氓」，Sunny 每次聽到就一直笑，覺得大家統統看錯她跟瘋子了：「鄭先生（就瘋子）是很有深度、有內在的男人，不要說他當初沒有錢，即使現在還是沒錢又怎樣呢？我不像大家想像的是嬌縱的大小姐，其實不太重視物質，而且很講義氣的。」她眨眨美麗的大眼睛：「很感謝上天讓我遇見他，在我心裡，他就是英雄，一個願意自我犧牲、服務眾人的英雄。」

●

一九八九年七月的某一天，才二十出頭、臉還圓嘟嘟有點嬰兒肥的Sunny參加在台北舉行的志工團行前會，填寫表格時，聽見旁邊年紀很大的工作人員正熱烈討論某人，她忍不住豎起耳朵。

「那個某某某最不聽話，難民工作怎麼也應該照規矩來，在人家的土地上，能低調就盡量低調，跟他講好多次了，不要自作主張去辦這個活動那個活動，還開課，開課幹什麼？說什麼要幫他們，難民人多又複雜，萬一一個沒弄好，倒成了我們協會的錯。那邊的志工還都叫他老大，老大什麼老大，真的想坐地為王啊？」

「可是聽說連聯合國的工作人員都很佩服他耶。」

「佩服什麼啊，不受控制！」

Sunny 拿著筆一面在紙上沙沙地寫著，一面輕輕哼著歌，是鄭怡前一年出的專輯裡那首〈離家出走〉：男孩說，離家出走的夏天，我在海上度過好幾年，他說好想，好想到岸的上面……

然後她在心裡輕輕念著，老大，老大，這個老大感覺很帥氣呢，不曉得長得怎樣……

Sunny和瘋子的故事番外篇之豆豆店長

豆豆店長個子嬌小，可能一五〇出頭，臉看起來更小，甜美的模樣有點像星光歌手梁文音。你如果在街上與她擦肩而過，可能會想，好漂亮的美眉，一定是誰家備受寵愛的小女兒吧。

或許十二歲之前的豆豆是這樣，但六年級時媽媽癌症過世，留下手足無措的爸爸和三個年幼的小孩。少了最重要幫手，男人很快丟失原本規模不小的吊車事業，被騙欠下一大筆錢，工廠、住家甚至汽車都被扣押，匆匆寫下爸爸去流浪了這句話便人間蒸發，接著姊妹倆被安置在親戚家，才三歲的弟弟則去了基隆。

為了不增加親戚的負擔，又很想把弟弟接回來，國二時看到家附近火鍋店在找假日工讀生，鼓起勇氣跑進去應徵，老闆嫌年紀太小不肯用，她就每天放學主動跑進店裡幫忙，終於得到人生第一份工作。

國中畢業心裡清楚自己將來不可能再升學，選擇高職夜間部，讀商，白天在鐘表公司工作。如果說在火鍋店學會的是庶民經濟，那麼在鐘表公司她則見識到精品消費模式，這部分引起豆豆的興趣，畢業後她找了皮革銷售工作。

這時處理完債務的爸爸終於回來，一家人再度團聚，女孩希望可以幫忙養育弟弟，於是另外在早午餐店兼差。

就在那裡，發現有幾個人常常在店裡邊吃飯邊討論他們將要開的公司。送水端盤子時會多看幾眼攤在桌上的資料，工打多了，各行各業多少也知道一點，但從來沒聽說過帶人家去滑雪的這種。一陣子後她主動跟客人搭話，遞上名片，說我對你們公司很有興趣，不知道有沒有機會可以參與。

當然那桌坐的就是我們的老朋友瘋子跟Sunny，起初被這女孩的主動嚇了一跳，但他們自己也是自由進取派人士，想了一下回答，好，我們馬上要辦一系列活動，不然妳先來幫忙看看？

豆豆頭腦靈活、做事幹練，重要的是極為負責，老闆老闆娘幾乎是立刻就折服了，剛好那時原本公司主管突然離職，瘋子看著這個小女生，問：「不然妳來當店長好不好？」

那年豆豆才二十一歲。

記得高豐草創，千頭萬緒，她曾一口氣連續工作三個月沒有休假。老闆天馬行空，她就是那個大夢想家美麗熱汽球的穩重定錨，落實各種細節。一次日本那邊的貨出了狀況，她跟瘋子說了一聲，便搭上臨時訂到的飛機，早上去日本處理完畢，晚上再坐最後一班回來，繼續進店裡加班趕工。

兩年前覺得舊有場地已不敷使用，建議老闆另尋更大空間，瘋子一答應她馬上到處找房子，很快看上八德路台視旁邊面對小巨蛋高樓層兩百多坪的辦公室，她說：「這地點很棒，空間也合適，我認為可以投資。」於是有了今天新的高豐運動網。

某次雪季結束豆豆終於可以暫時鬆口氣正常休假，跟朋友相約參加登山活動，團員裡一個笑起來眼睛會眯得小小的男生總是找她聊天。後來男生告白，她嚇一跳的不只是娃娃臉的他居然比她大十歲，還有他很會念書是台大工學院碩士。

前陣子兩人結婚了，每次休假男生都得陪老婆工作，義務到店裡幫忙介紹雪具賣雪衣什麼的。在科技公司上班的他說，交往之後嚇一跳的變成是他，沒想到外表小可愛的豆豆根本是事業女強人，深深被她熱情的工作態度感動，覺得自己到運動網幫忙剛好也可以接觸到跟以前完全不同的有趣世界。

今年才二十七歲的豆豆臉上雖然還是不脫微微稚氣，但其實已經經歷過好多好多，回想起沒有父母在身邊的少女時代，「有時候也是會哭，但哭一哭還是要振作啊，工作那麼忙真的沒有時間悲傷。」

她說現在很幸福，爸爸回來了，弟弟也長大去當兵，身邊有溫柔的老公，高豐新空間讓人對未來充滿希望。

雖然是水瓶座，但一直以來追求的是平衡。像是平衡自己與親戚之間的關係，平衡分離的兄弟姊妹情感維繫，平衡老闆與同事觀念上的落差，現在的功課則是平衡自己事業與家庭。

在豆豆身上我學到好多好多。只要想到她就會提醒自己，寶貴的生命應該是要用在工作、愛人跟追夢的。

至於悲傷與自憐，一下下就好了喔。

全世界最勇敢最好笑的指揮家夫人

一見鍾情

秀秀慶幸自己天生腿長，在國一這個班上，她足足比一般女同學高出半個頭來。但以前不是這樣想的，國小就一六幾老是被選進籃球校隊，每天放學後都得練球累死人。但今天她第一次覺得個子高非常非常好，上天禮物似的好，因為視線越過大家頭頂，才能毫無遮擋地一眼看見她的白馬王子。

多年後講起這一眼，還是手撫胸口覺得驚心動魄：「那天放學在十字路口等紅燈，一群男生從我們面前經過，看到那人的瞬間好像突然被安靜的雷打到，周邊的畫面跟聲音完全消失，我的眼裡，只剩下他。」

第二次見面是學校升旗典禮，男生拿著小號站出來時她心跳漏了一拍，是他，十字路口的那個。小號手筆挺站直，獨奏一段迎旗曲，之後帥氣走回軍樂隊前，雙臂一揮，樂隊轟地演奏起國旗歌。

秀秀火速打聽到，男生叫鄒小華，大她兩屆現在國三，軍樂隊小號手兼指揮。為了更靠近一見鍾情的對象，她跟朝會時站前排的同學換位置，這樣不管在烈日下或北風中，都能癡癡注視學長在司令台旁帶著軍樂隊從國歌、國旗歌、頒獎樂一路演奏到〈雷神進行曲〉和永遠聽不膩〈星條旗進行曲〉的副歌。

原本以為只能永遠眺望，但當她在筆記本上寫下暗戀那人的名字「皺小華」時，同學看見笑出來：「妳寫錯字了啦，是鄒不是皺！妳喜歡他喔？他是我們國樂社的喔！」

社團時間迫不及待跟去國樂社，「禮堂光線不夠亮，我一進去就發現對面靠走廊的地方有人用二胡拉著曲子，樂手背光而坐，臉是黑的看不清楚。」

秀秀心底有個小小聲音要她，靠近一點，再靠近一點，「最後終於確認，果然就是小華學長，他一個人坐在那，沉浸在自己的世界裡，整個心思都是那支曲子，而我的整個心思都是他。」

在羽球場他們第三次相遇，那時實在厭煩了籃球，決心去考羽球社。跟同學練習到一半，她聽見什麼猛一回頭，與她背對背而立、正身手矯健與教練對打的，可不就是整個人沐浴在陽光中閃閃發亮的學長嗎？

十二歲那年，長腿女孩知道了，那個安靜打在她身上的雷，叫一見鍾情。

他的腳踏車

秀秀是家裡的老大，擁有一雙瞳孔特別圓特別黑的美麗眼睛，長相甜美，個性開朗，但不知為什麼：「媽媽不愛我，就算書念得再好，各方面再優秀，她就是不滿意，就是嫌棄，我永遠沒辦法討她歡心。」

不被疼愛的女兒，把心情寄託在周邊同學身上，擁有一群要好死黨姐妹淘，她天天唉聲嘆氣對她們訴說「小華學長怎麼那麼帥」、「小華學長怎麼那麼棒」，逼得閨蜜們只好到處找門路去傳話：「鄒小華，一年二十一班的陳秀秀喜歡你！」

「所以他應該已經知道我了啊！」時隔三十多年，說起來仍會搥心肝：「可是他還是不理我！每次看見我都無視！為～什～麼～！」

那時，小小年紀的秀秀卻因此挖掘出自我更深一層的潛力，決定應該像課本裡寫的納爾遜將軍那樣小小年紀便意志堅定：「一個人怎麼可以為一點小小的困難便退縮呢？我們應該勇敢地上學去。」

小華學長對她再無視，也比不上納爾遜遇到的強烈暴風雪吧，所以她每天還是勇敢地喜歡學長，勇敢地跟蹤學長。（咦？）

是的，秀秀躲在學校腳踏車棚旁，等小華放學後去牽車，便一路跟在後面：「我也沒有想要幹嘛，就單純想知道學長住在哪裡，學校外的學長是過著怎樣的生活，那一類的事。」她有點不好意思呵呵笑起來。

台中的黃昏總是很美，夕陽下她跟他的身影一前一後拖得長長的，路邊有歸巢的鳥叫和即將睡去的花香。

小華到家把車停在外面，背著書包進屋去，秀秀確認他大門關上後：「走過去，握住他腳踏車的兩個手把，那裡還殘留著學長手心的溫度。」

那個綁粉紅色蝴蝶結的，就是妳！

喜歡了三年，小華毫無回應，秀秀一度癡心到想去念他所在的高中：「可是那個學校實在太遠了，在南投。小華真的很不會念書，高中聯考、五專聯考全落榜，還是這個學校的教官太欣賞他吹小號跟指揮的天分，二招時破格錄取，他才進去的。」

「聽我說起來，小華又是長得帥、又會許多樂器、又運動細胞好，都覺得他完美得不得了對吧？」秀秀掩著嘴笑：「大家一定想不到，他超級不會念書，在我們那個能力分班的年代，學長不要說是特優班，他連次優班都進不去，完完全全是後段的放牛班。學樂器、練各種球類不費吹灰之力，唯獨那些課本，再怎麼努力就是念不進去，不可思議吧？」

雖然不在一個學校，秀秀仍發揮強大的情蒐能力，透過同學的同學的同學，還是能獲取這裡一點那裡一點對她來說寶貴兮兮的資訊：聽說學長在那邊又當上樂隊指揮……好像很受他們學校女生的歡迎……學長想考音樂系！！！

小華的人生開始變得精采，未來好像沒有秀秀可以參與的位置，就算知道再多學長的事，他們依然是沒有正式見過面、沒有說過話的兩條平行線。

在這樣漫長沒有回音的暗戀歲月中，突然出現了另一個男生。

是秀秀高中的學長。

「那時候我們期中考，學校為了防堵作弊，全體在大禮堂考，有沒有，就是一排高一女生，一排高三男生，這樣坐。我跟我同學比較早到，發現旁邊桌上貼的名條，寫著一個怪姓，而且是單名，整個不真實，簡直像藝名或是什麼筆名，我們兩個看傻了，後來學長們進來，坐那位置的居然又高又帥，這種人配這種名字，太夢幻了！」

同學決定寫一封信問問，這兩字是不是真名。那時就算是男女合校，也嚴禁男女生有過多接觸，不是男女不同棟，就是教室分不同樓層。

信寫好，總要有人陪著去送，幾個女生推來推去，最後只好抽籤：「好死不死抽到我，只好硬著頭皮陪同學走到學長班的那棟樓，她教室門口喊人，慌亂地把信交給對方，接著我們逃命似衝下樓。」青春的回憶令人忍不住發笑，秀秀說：「那時候髮禁已經解除，我梳一個高高的馬尾，然後用一條粉紅色的髮帶綁起來，學長從樓上往下看，看不到臉，光記住我的髮帶了。」

隔了幾天，她在校園裡走著，忽然有人從樓上喊：「喂！那個綁粉紅色蝴蝶結的，就是妳！」她抬頭看，是學長，他勾勾手指：「不用看別人，就是妳，上來上來。」秀秀只好面紅耳赤上樓去，學長笑得壞壞地拿給她一封信，她回去交給同學，兩人打開來看到裡面：「行不改名坐不改姓，某某正是我本人。」

這個感覺很有異性緣的學長，有天違反男生不能進女生大樓的校規，突然出現在她們教室門口，在一堆女生目瞪口呆的注視下，把一封信塞進同樣目瞪口呆的秀秀手裡，酷酷說：「要看喔。」然後帥帥的轉頭離開。

名字很夢幻的學長居然要她當他女朋友。

啊……

當然好啊。

可是，可是，那小華怎麼辦？大家都這樣問。

他又不理我。這麼多年了，我連他的聲音都沒聽過耶，一直這樣下去也不是辦法啊。秀秀傻笑。

帥學長是個文藝青年，很早就確定自己將來的職志，對秀秀說起許多偉大的抱負。跟小華完全不同，他是個很會表達情感、讓身邊女生感到幸福的男生。

兩人戀愛談得太美好，無暇念書，行不改名坐不改姓帥學長大學聯考落榜，夏天過後決定到台北親戚家住並準備重考。秀秀火車站相送，兩個人在月台依依難捨，上了車他隔著窗對小女友喊：「要乖乖等我回來喔！」

我的肩膀借妳靠

母親很早就要求，秀秀每個寒暑假必須打工賺取自己的學費，另外補貼一點給家裡。她在田裡摘水果、在鞋廠黏鞋底，陳媽媽甚至還要她去酒店當領檯：「說起來我真的拚命賺了不少，但全被我媽拿走，不明白為什麼需要這麼多錢。」

那年也是，高二升高三一放暑假，她馬上去MTV報到。忍住一年的思念不敢打擾，她想帥學長應該考完了吧，不知道考得怎樣，一直都沒消息是不是人還在台北？等來等去都沒出現，終於忍不住在店裡打了通電話去他台中的家，居然是學長本人接的。

「啊，」秀秀一時不知該說什麼，又驚又喜：「學長你回來了喔？」

「嗯。」

「考得怎麼樣？」

「還好吧。」聲音聽起來很疲倦。

「都不知道你回來台中，那，要不要來我打工的地方玩？」雖然感覺到冷冷的態度，還是鼓起勇氣開口。

「沒有必要吧。」沉默幾秒後學長說：「我覺得我們還是分手比較好。」

秀秀聽見店裡那麼多房間傳來不同電影的音效和模糊的對話聲，窗外青天朗朗，街上車水馬龍，陽光照著灰色地毯曬出輕輕塵霧，剛剛那麼興奮提起的輕巧話筒現在變得沉重不堪，連動一下都好像不可能。

放下電話，她趴在桌上大哭起來。

一起打工的死黨怎麼勸都沒用，連店長都走過來，嘆了口氣說：「你們去找個房間，讓她進去好好哭個夠吧。」

十分聽話地一路從早上哭到中午，死黨看這態勢短時間不會停，居然異想天開，覺得唯有新戀情可以治癒舊傷害，打電話叫鄒小華快來幫忙。

過去根本約不出來的那個人，在這個荒謬的時刻卻只想了一秒就說：「好，我過去。」

「哎喲，我打開門看到他，第一個念頭不是高興，是生氣耶。我喜歡你那麼多年，完全一點表示都沒有，然後現在竟然來了，什麼意思？我問他來幹嘛？有什麼好看的，都哭成這個醜樣了，是來看我笑話的吧。」

秀秀轉身跌回沙發繼續痛哭，小華猶豫了一會兒，也走過去坐在她旁邊，安安靜靜聽著少女的心天崩地裂。過了不知多久，他終於開口：「那個，如果妳需要一個可以靠的肩膀，我的肩膀，可以借妳。」

女孩聽到，哭暈的腦袋突然有了短暫的清明，啊，原來小華學長的聲音是這樣，原來我現在離那個以前超級喜歡的人這麼近⋯⋯她擤完鼻涕，遲疑了一下，小心翼翼把頭靠過去。

大家以為他們從此就在一起了嗎？

答案是，哪有這麼好。（被踢飛）

很久以後秀秀才知道，第二天是小華要考音樂系術科的大日子，前一晚送她回到家已是深夜，沒做考前最後衝刺練習不說，還睡眠不足，就這麼恍恍惚惚進了考場。

Is he the one ?

那年小華第二次落榜，幸好是學科而不是術科沒過。秀秀每每想到曾經有可能毀了最愛那人的前途，還是會驚出一身冷汗。到底是為什麼呢？明明以前甩都不甩她的呀，怎麼會在那麼緊張關鍵的時刻，願意奮不顧身前去拯救一個正為別的男生哭泣的不相干學妹。

直到小華跟秀秀告白的三十年後，她也沒問出個答案來。

什麼?!

你是說，我跳過最精采的部分，沒有好好交代嗎？

喔喔，誰跟誰告白？（看別處）

那個……（二度被毆飛）

好啦好啦，且讓我翻出蒙塵的那捲VHS，放進卡卡的放映機裡，先唧唧唧地倒帶一下。

考完術科後，小華開始出現在她上班的MTV裡，混到她下班時間到了，故做輕鬆說那我送妳回家吧。

「他說送我回家，就真的是送我回家喔，完全沒有說順便繞去哪裡走一走逛一逛什麼的，也沒聊什麼，第二天我出門看見他又站在我們家門口，我問你是要送我去上班嗎？他微笑著只是看我。」

這樣接接送送一個月，幾次秀秀都有衝動想大喊：「你究竟在想什麼呀？我們這樣到底算什麼？」

那時小華每星期一次要去台北上知名小號吹奏家葉樹涵的課，他非常喜歡葉老師，現在回憶起來仍充滿感謝：「第一次上課時，老師給了一個非常簡單的譜要我試試看，我嚇一跳，覺得自己的實力可以吹更難的啊，但還是乖乖照辦了，之後葉老師自己演奏一遍，然後問我，有感覺我跟他吹奏方式的不同嗎？」

遇見葉樹涵，讓小華對於音樂性及音樂詮釋有了全新的看法。懂得享受音樂，明白樸素的東西有時更能呈現意念深處。

一天小華在店裡突然說他想找電影來看，兩人選了部《似曾相識》（啊，說起來，那麼久以前就有穿越梗了），在暗暗的充滿夢幻畫面及浪漫配樂的小小空間裡，秀秀感覺到小華的目光。向來直爽大方的女孩此時卻鼓不起勇氣轉頭，只聽見他說：「妳看這一段。」她趕緊回神把注意力放在螢幕上，女主角艾莉絲見到理察前來，抬臉對他深情微笑，旁邊的攝影師正好按下快門，那是理察未來會在飯店文物館看到並因此魂牽夢縈的照片。

「聽聽看這首配樂〈Is He the One?〉，開始是小提琴合奏，裡面一直有豎琴的聲音，有沒有？結尾則是法國號漸漸微弱。」小華學長的聲音很近，像是就在耳邊。秀秀看著珍西摩爾覺得她纖細又精緻，這麼美的女人才值得最浪漫的愛情，自己永遠都沒辦法成為她啊，想到這裡眼窩一陣熱，說不出那是怎樣的情緒。

這時突然感覺自己的臉被捧住，還來不及驚訝，小華學長已將她轉個方向，輕輕在她嘴唇親了一下。

那個天旋地轉啊，腦中只閃過一個念頭，「Is He the One?」翻譯成中文是「就是他嗎？」的意思吧。

就是他嗎？

當然就是他呀！

多年後被問到那一刻的心情，秀秀的雙手在胸前快速握成拳頭，手肘向下一壓，眉開眼笑地歡呼：「Yes！」她說：「那就是我的心情，終於，終於讓我到手了！」幸福的女人站起身來雙臂高舉過頭，自轉一圈答謝眾神的眷顧。

十八歲離家遠行

那年秀秀沒考上大學，她媽媽淡淡地說：「沒考上自己負責，家裡沒錢讓妳重考，妳得想辦法賺補習費，如果將來考上私立的，我也供不起。」

好強的秀秀忍住沒哭，一七〇公分仍一臉稚氣的少女只回答一句：「從今以後我再也不會靠你們了。」

當天收拾僅僅一個背包的行李，獨自坐客運到台北，深夜終於抵達位於中和的叔叔家，門一打開，疲倦但倔強的她說：「叔叔嬸嬸，我想念大學，可是沒錢可以報重考班，可不可以讓我借住你們家，我會先打工半年賺學費。」

叔叔介紹她去一個企業辦的商情報紙部門坐櫃檯，辦公室是租用當時還位在忠孝東路四段聯合報大樓的一個角落。「那時是個小屁孩，但每天晚上看到記者湧進來發稿，滿滿談笑用兵、意氣風發的氛圍真的讓我很羨慕，那時候就想，要好好念書，一定要考上大學，如果可以念中文系更好。」

工作半年，好不容易存到一筆錢，秀秀趕快去報名補習班，第二年大學聯考如願考上淡江中文系。私立大學學費對當時的她來說相當龐大，於是立刻在學校附近找了兩份工，一是早餐店一是便當店：「早餐店可以上課前去，便當店也只要忙中午那段時間，好處是這兩個都會供餐，生活費可以省下不少。」

才十幾歲，已經會精打細算。

那時小華在文化音樂系念書，兩小無猜終於可以常常出來見面，「有時候他來淡江，有時候我去文化，那天我陪著他正要走去音樂系館，經過一棟大樓，底下坐了群人在聊天，突然聽到一個好熟悉的聲音。於是跟小華說你先上去，我買個東西。」

轉身她走向那群人，對著其中一個說：「學長，好久不見。」男生抬頭，瞬間呆住，過了一會兒才趕緊把手上的菸扔在地上用腳踩熄，「好巧。」他笑起來。

名字很夢幻而且不知算不算是她前男友的學長居然也是念文化，他依舊帥帥壞壞的，秀秀覺得一陣懷念湧上心頭，「這樣做對小華不公平，但就是有個強烈的渴望，不管當初學長提分手的理由是什麼，就是想知道，想親耳聽他對我說清楚。」

我討厭他

背著小華約學長出來，終於依她所願，他補上失落的那塊拼圖：「常常跟妳見面應該是我高三最後那幾個月，又沒發生什麼對吧，照我以前的邏輯並不覺得那叫戀愛，而且一年沒聯絡，大部分女生通常會自己消失。所以考完妳打來我有嚇到，沒想到妳是認真的。」學長摸摸下巴若有所思看著她：「我沒辦法承受這種認真，更沒辦法對妳負什麼責任，所以想乾脆講絕了讓妳死心。」

誰也無法證明他說的是真是假，但眼前似乎也只能有這個版本的事實了。

跟學長的相處依舊像過去那樣有趣，「就聰明嘛，很會逗女孩子笑，又懂很多有的沒有的，光是聊天就覺得好好玩時間過好快。」秀秀回想起這段臉上出現少女般作夢的神情：「他跟小華完全不同型，那時真的不知道比較喜歡誰。」

慘烈的是，學長居然告白還是很想念她，希望能再一次交往。

「這很不應該，但我動搖了，心裡兩個念頭打架，一個要我好好待在小華身邊，另一個說跟學長在一起好有戀愛的感覺喔。」實在下不了決心，秀秀居然傻呼呼跑去找小華商量。

「一開口我就哭了，我說我這樣很對不起你，但實在太難選，該怎麼辦你能告訴我嗎？」

小華安靜了半天才開始說話：「妳要選誰都沒關係，只是我覺得這個人不太好。」

秀秀問：「怎麼說啊？你又不認識他。」

「是不認識，但我討厭他每次一出現都讓妳難過，讓妳哭。」

秀秀好像又看見那個在台中晴朗天空之下吹奏著、整個宇宙迴盪著他小號聲響的小華：「就在那一刻明白了，心情突然變得非常非常平靜，而且有信心會一輩子都這樣平靜安穩下去。誰真正在乎我，真正關心我，不是很清楚了嗎？」

大學生新娘

秀秀大四那年，小華服兵役進了國軍示範樂隊，那時看著音樂系的同學紛紛出國深造，說不羨慕不嚮往是騙人的。「可是我們家境實在普通，而且我英文很爛，考托福應該會要我的命。」小華自己說著說著，忍不住笑了。

一次學弟去找他，順口提到有美國音樂研究所的老師到台北親自甄選。「他說學長，如果可以請假，你要不要去參加。我想難得有這機會，不然去看看，剛好那陣子我們樂隊出去表演成績不錯，一下子假就請下來。」

誰想到當天考完小華立即被錄取，美國人教授熱情邀請他儘快進入他們的音樂研究所，還承諾可以先進校修課，等他考過托福再辦註冊。

「當然是很棒的機會，但，錢呢？我還在當兵根本沒存款，去美國念書要花很多錢啊。」小華跟秀秀商量，決定延後一年再去，「我們打算在這一年裡拚命工作，至少先賺到讓我們可以在那邊待一年的費用，如果可能，希望秀秀可以跟我一起去。」

秀秀整個大學生活，除了上課念書，剩餘的時間都用來打工：「現在想起來自己也覺得不可思議，為了不跟家裡拿錢，只要能賺錢的我都去做，什麼助選員、保險公司收費員、牛排館服務生、國小代課老師……」

她不無自豪地回憶：「還在淡江水源路女生宿舍附近開過飯糰攤，自創沙茶、辣椒、咖哩口味，裡面有包肉鬆、菜脯、酸菜、豆乾絲、芝麻、沙茶醬、辣椒油、滷蛋，生意可好了，一個早上要捏兩百多個飯糰，可是我自己連一個都捨不得吃。」

為了賺出生活費、學費、書費、約會費還有偷偷放在心裡的結婚基金，秀秀拚命工作，一天只吃一餐，規定自己只能花十五塊：「那就是一碗乾麵配開水，肚子真的很餓就睡覺。」

她很有信心，兩個人一起努力，讓小華去美國念音樂研究所的夢想一定會實現。

沒想到，小華的父母不贊成。

接到小華媽媽的電話時，秀秀有點發抖，當國中數學老師的小華媽媽向來以嚴格出名，擔心她是要阻止自己跟著小華去美國。

「她問我，小華現在打算怎麼做，我說我們想好了先賺錢等隔年再去，她就說你們兩個一年可以存多少，我想了想，回答五十萬沒問題吧。好一會兒沒聲音，我也不敢再講什麼，她突然又問，有這五十萬就可以念完學位嗎？我說應該沒辦法，不過聽說去那邊還是有很多打工的機會，可以邊念邊賺學費。」

小華的媽媽直接了當：「我不贊成……與其這樣再浪費一年時間，不如你們先跟我們借，馬上出發，等回來賺錢再還，妳問問小華，這樣他覺得可不可以。」

秀秀一聽腿都軟了，但心裡在放煙火，默默歡呼當然可以！

這位國中數學老師接著說：「不過我有個條件，你們要先結婚，我可不希望辛辛苦苦存下來的錢是幫別人栽培媳婦。」

那有什麼問題，秀秀想，不要說給我錢讓我跟小華結婚，叫我倒貼錢我也一千萬個願意啊！

於是秀秀才大四，小華還在當兵，就火速訂婚，接著公證、辦護照、收拾行李，小華一退伍、秀秀拿到畢業證書，兩人立刻衝上飛機：「等回過神來，我們兩個已經在美國了，真不敢相信，簡直像作夢。」

用美食換學位

小華秀秀在學校附近租了有三個房間的公寓：「我們住一間，另外兩間分租給其他學生，然後我還會煮飯，就煮給大家一起吃，收一點伙食費。」

小華一面修課，一面準備托福考試，秀秀則是先念語言學校。小華果然還是專業科目很拿手、念書考試很不行：「學校規定托福考到五百分就可以，我偏偏考了三次四九七分（一題三分），光念英文就念得我頭昏腦脹。」

秀秀剛開始並沒有想好要念什麼，在台灣同學會裡打聽，有人想起念人力資源的學姊回國後發展很好，「我就跑去人資系辦公室，有位老先生問有什麼事，聽完我的問題他笑笑說等托福通過很歡迎來申請呀，所以托福一過馬上衝回去，問他有沒有推薦我找誰當指導教授。」

「妳覺得我如何？」老先生指指自己。

「我覺得你人很好很可愛呀。」

「太好了，歡迎妳來人資研究所，從現在起妳就是我的學生啦。」他笑咪咪地展開雙臂。

後來才知道，原來老先生是系主任，已經很多年不收學生，這次居然會主動提出，秀秀根本是中樂透。

熱愛交朋友，連到美國也沒改過來。系主任疼她，她也有心，台灣的紫砂壺、茶葉都搬去孝敬，還常常做點心：「他最愛我做的蔥油餅，拿餅蘸番茄醬吃得津津有味，同學如果來我們家討論專題，也保管有源源不絕的台灣點心可吃。」

小華一旁笑道：「我都說她的學位是用食物換來的。」

拚命用功、努力打工（小華當導遊、秀秀當華語老師），兩年半後學成歸國。小華在美國因自己很愛而加修的指揮課程馬上有了發揮的機會，各方樂團邀請不斷。秀秀也開始在父親那邊家族的當鋪工作，兩人事業順風順水，過了兩年，鄒太太突然想起來：「咦，我怎麼好像一直都沒懷孕。」

經過人工受孕和做試管，一對雙胞胎男嬰出現在他們的生命當中。「一次來兩個真的是重大改變，過了一年夫妻都睡眠不足的時光後，終於認清事實：我必須放棄職業上的規劃，在家裡好好帶他們，才能讓小華無後顧之憂地去衝刺。」

都已經打工快二十年，在家當然也閒不下來，照顧小孩之外還幫忙打理小華成為知名指揮家後隨之而來的許多行政甚至公關事務，仍是忙得不可開交。

「不過此時，我們之間第一次出現了矛盾。」秀秀說：「因為我沒收入，養家的重擔全落在小華身上，他做事又超級認真，每天幾乎都是半夜十二點才回到家。我那時的狀態，就是一個窩在家裡從不打扮的黃臉婆，對比起小華工作上常會遇到的那些時尚又有才華的女生，真的會失去自信，開始會在乎他對誰友善或是讓誰搭便車這些小事。」

小華內心坦蕩蕩，每次面對質疑總是揮揮手說沒有這種事，或妳想太多了啦。但吵久了，總會感覺到原本蜜裡調油似的兩人關係，似乎出現了極為細小卻仍可以察覺到的隔閡。

「直到那件事發生……好笑的是，那件事算是拯救了我們的婚姻。」

看得懂嗎？

雙胞胎幼稚園大班那年，她摸到脖子上有個腫塊，趁著帶小孩看診時隨口問問，醫生建議她去大醫院檢查看看。

「其實只是腫，並不痛，沒什麼太大感覺，加上又忙，根本就忘了他的話。等過一陣子，小孩感冒再去，醫生問起來，聽我說沒有去檢查時，他建議，還是去看看吧，算是讓我安心。」回想起這段，秀秀常常掛在臉上的微笑突然消失。

聽從勸告，去大醫院做了內視鏡檢查，幾天後小華陪她去看結果。「主治醫生把電腦螢幕轉向我們，問看得懂嗎？我看到上面寫著『惡性腫瘤』幾個字，但還是盯著他搖搖頭。醫生說，妳得的是癌症。」

走出診間，小華跟秀秀抱頭痛哭。

她的遺言

「醫生很快排了一連串治療，電療加化療。因為腫瘤位於喉嚨，電療完，整個脖子變成黑色，裡面全是腫的，什麼都吃不下，連喝一口水都像是吞刀子。」秀秀的臉上，第一次讓我看到害怕的神情。「電視劇演化療病人掉頭髮，都是用梳子梳下來的對不對，其實根本不是喔，頭髮是『啪』一下一整塊掉下來的。」

愛漂亮的她看到自己頭頂突然間空了好幾塊，傷心到拿著把從小幫兒子剪髮的電動刀躲進浴室裡，誰叫都不開門。小華下班回家，來幫忙帶小孩的小華媽媽要他趕快去勸秀秀。

「他在外面敲門，問我在幹嘛。我哭著說我要把頭髮剃光光，他說妳開門讓我進去，我說不要，他說如果妳不開門，我就馬上也去剃光頭！」秀秀突然醒過來：「小華是要每天上台指揮的，剃個大光頭像什麼話，想到這裡我就乖乖開門走出去了。」

三十九次電療、二十九次化療雖然可以殺死癌細胞，但也連帶著殺死許多健康細胞，秀秀的抵抗力低到不行，稍有感染就發高燒，動不動得送急診：「聽到救護車的聲音，靈魂好像瞬間被拉扯得破破爛爛。意識無法集中，在病床上嚇得要命，不敢關燈，一定要有人陪著。」秀秀說：「每次都怕，怕這次住進來就回不了家了。」

到後來口腔黏膜全破，胸前的人工血管因反覆插針而皮膚潰爛，全身沒有一個地方不是痛的。她還不斷的吐，覺得五臟六腑全快嘔出來，本來挺壯的一個女生：「虛弱到沒辦法說話的程度，沒力氣上廁所，要靠人擦澡，用輪椅推去曬太陽。」

病痛的折磨加上治療副作用，連向來堅強的秀秀都崩潰了：「我不知道自己是怎麼了，每天神經兮兮，不能睡也不能吃，小華如果出國比賽晚上沒有回家，我會躺在床上一直發抖，你看我那麼怕我婆婆的人，那時候竟然會拉著她說，媽，媽妳陪我睡，妳不要走。」

誰也不知道當時小華的心情，因為向來有話他只跟秀秀說，而那時有好多好多不能告訴她。

白天忙著工作，回家要照顧小孩跟生病的妻子。秀秀回憶：「可是他每天面對我都一副心情很輕鬆的樣子，還會講笑話逗人，好像我根本沒事。」

直到治療完成後第一次回診，醫生說狀況很好沒有復發。

「他回到家坐在那裡，突然大哭起來，這是我治療以來第一次看見他哭。」

也是那個時候，小華第一次意識到，這個從國中開始老纏著他不放（好吧這句是我的意見，絕不是小華的）的女孩，二十多年來一直黏在旁邊、每天說「小華你怎麼這麼帥」的花癡老婆（這句可是秀秀自己說的），原來是很有可能會突然消失不見的。

她給了他甜蜜的青春回憶，伴他走過最艱困的求學及創業時代，還犧牲自我只為了讓他擁有最大發揮空間與最完整的家。

如果她不見了，怎麼辦？

病情最危險的時候，秀秀寫了遺言給小華，小華怎麼都不肯看。

秀秀寫：

1. 我不擔心孩子，因為他們會有很好的爺爺奶奶照顧他們。
2. 靈堂上的照片可以挑張好看點的嗎？還有公祭典禮上只放齊豫和李建復的歌曲。我～不～要～聽～佛～經！！！死了直接冷凍、最快速度火化、不要做七、不要亂七八糟的儀式、讓家人都趕快回到生活正軌，不要浪費時間在一個已逝的人身上。

3. 我的骨灰罈可以放家裡嗎？我不想一個人孤單的在家族墓園裡，離我愛的人這麼遠。

4. 如果說還有什麼不甘心的事，就是不甘心這麼早把原配的位置讓出來。（我是認真的）

5. 我阻止不了小華再找一個契合的女生相伴後半生，但是請不要學郭台銘一樣到前妻靈前來擲筊，問我的意見，我在天上會很生氣（哈哈哈……）

6. 認真的承認我有偷藏私房錢，我走了以後記得去領出來花。

7. 把我從小到大的日記跟我一起燒了，我要帶走屬於自己這一生的祕密和歷史。

究竟喜歡她什麼

治療完成至今，已經超過十年複檢正常，醫生正式宣布秀秀可以從這個病畢業了。現在她每天活蹦亂跳，在兩個小學當體育老師，還莫名其妙考到一張籃球教練證照。（欸，明明超討厭打籃球的不是嗎）

家裡到處放著當時頭髮一長出來，秀秀馬上去拍的沙龍照：「真的很怕我就這樣走了，連一張像樣的可以放在靈堂的照片都沒有呢。」已經念大學的雙胞胎兒子，不管在家或在外面，一看到媽媽都會靠過去摸摸她的頭髮、握握她的手。

「每天早晨能夠醒來，能夠呼吸，就覺得好幸福了。」秀秀的陽光樂觀不僅照亮自己的小窩，也感染了許許多多親朋好友：「我也想謝謝大家的幫忙，生病時小華如果忙，我公公婆婆叔叔嬸嬸兄弟姊妹鄰居朋友同學連我的羽球教練，都會來排班照顧我。」

而向來含蓄的小華，則默默更加珍惜寵愛妻子，有空就幫忙做家事，早上提早起床磨豆，手沖咖啡讓秀秀帶去上課（絕不讓別的女生搭便車了），隨時隨地不忘用 line 傳肉麻話（小華人生唯一浮誇），秀秀想要什麼，一律答：「喜歡就買吧。」以至於明明好大的家，現在塞得滿滿的完全找不出多餘的空間，光是讓家庭主婦看到馬上會流口水貴鬆鬆的法國 Staub 和 Le Creuset 彩色造型鑄鐵鍋，居然可以多到擺滿客廳的一個大櫃子。

採訪最後，秀秀叫我幫忙問問小華，究竟喜歡她什麼？「他從來沒有正面回答過這個問題耶，我好想知道。」

指揮家跟我說話時，指揮家夫人嚴重愛慕托腮望著他，那個神情，像個十二歲小女生。

小華說：「她就是一個很真的女生，不是只有在我或在妳面前是這樣，而是在所有人面前都是這樣。對我來說，有了真，才會有善和美，而一個學藝術的人，終生所追求所嚮往的，就是這三個字了。」

一旁的秀秀，臉上笑咪咪的坐在那裡，成了個江州司馬。

其實唐朝白居易早早預言了此情此景，一千兩百年前他就寫下：

座中泣下誰最多，

江州司馬青衫濕。

爆笑花藝教室

故事要從××年前說起，那時我六歲半。

某某年九月一日，跟鄰居好朋友（誰能知道三十年後她會變成科學家呢）坐著金爸爸的機車，一起進入右昌國小正式成為一年級學生，還同時被選為正副班長。

下課後有個皮膚非常白的短髮小個子女生走過來，指著我說：「妳是黑班長。」再指著鄰居：「妳是白班長。」

小個子女生後來長高了，二十年沒見，最近突然出現，傳訊息問我，要不要來我們花藝教室玩玩？

蛤？妳會插花嗎？

不會呀。

那開什麼花藝教室？

妳來就知道了。

傾盆大雨中，整個下半身連鞋子襪子都濕了終於找到地方，本來就不想出門的我妹更是意興闌珊。

進到位於昂貴地段高樓明亮的工作室，媽呀滿滿整屋子都是人，都是花，堆積如山美得不可思議的花，都是樹枝，都是棉線，都是鐵絲，都是器皿。

老師還沒開始上課，聽說一屋子學生就已經自己忙了整個上午，等下午五點才會開始講解跟示範，但這並不代表老師要偷懶，因為這難得的一堂課，歐花加上池坊，通常會熱烈上到凌晨兩三點。老友說。

「是這樣的，在正式介紹妳跟老師認識之前，我先跟妳做個衛教啊。」她又說。

果然等老師笑咪咪一出現，還沒講兩句話，突然大吼一聲加上痙攣的身體抽動，站在旁邊的我妹整個人嚇到彈起來，害我噗一聲笑噴，她真的很沒用。

因此不難想像，這個老師從小到大會受到多少誤解，他們說在台灣比賽時，還曾經有主辦單位覺得他擾亂秩序，而被取消資格。

老師名叫吳尚洋，是法國 Piverdie D'OR 時尚花藝大賽冠軍（史上唯一亞洲人），八歲開始學插花，十八歲就從芝加哥花藝學院畢業，前往日本學習多年，得過各國重要花藝大獎。這樣就算了，他居然還擅長鋼琴跟七、八國語言。

不過說真的，他本人一點都看不出來是位大師。（喂）

跟你聊天時腦子轉得飛快滿嘴笑梗跟髒話，那些妥瑞氏症和過動的神經反應，在他兒童般的笑臉下反而讓人感到十分放鬆，老友說：「很多人跟了他十幾年，學插花是次要，主要是跟他聊天太療癒了。」

教室裡除了花跟花器看起來非常不便宜，連到處亂放讓人隨手可用的衛生紙都是舒潔（很少看到營業場所用舒潔，貴），咖啡機是菲利浦，廁所超乾淨，裡面又大又明亮的垃圾桶是感應式ＥＫＯ的，中午提供的便當是文慶雞，下午茶是明池豆花，「怎麼一切都感覺好高級？」教室老闆「土匪李」（女性）神祕一笑：「因為學員要繳很多錢。」

可見搞笑的不只是老師。

吳尚洋真的超有趣，一面跟我們聊天，一面一手拿一盒純喫茶一盒鮮豆漿，吸管在兩種飲料間交替著：「這樣超好喝的我跟你說！」接著馬上宣布：「我要放屁！」（躲）

聊到他得獎後，台灣很多單位找他做設計，「可是他們又不懂，只想殺價，大老闆來跟我說，來我們預算很高喔，一共有十二萬耶，而且我告訴你，全部要做五十七個空間！」講完他尖叫著抽搐一下，然後放聲大笑，好像他這些誇張的神經放電，全都是被這混亂的世道給驚嚇出來的。

「沒關係你們這些商人，這些官員，儘管侮辱我的人格吧，只要不要侮辱我的價格就好。」

然而一旦開始講解，他又是滔滔不絕的各種專有名詞，各國花藝潮流，各派故事與精神，比任何一個網紅都流利，比任何泰德演講都振奮人心。

每拿出一枝花，都愛得簡直要把它吞下去似的，湊在鼻子前深深嗅聞，再吹一口氣，然後一副「不要怕，在我這裡你放心」的樣子，神速凝聚出不得了的意象。

我看著他行雲流水把紅色木片捲成螺旋，一枝又一枝插入美得驚心動魄的長枝玫瑰，大把到一手無法掌握，用膠帶捆紮（大師說花藝強不強完全看用膠帶功力）（咦），俐落修剪，再加上約三分之一比例的玲瓏蔥，再剪，再加，一氣呵成，一面嘴上完全沒停：「我跟你們說，有些人啊，愛你不到，祝你爛掉。」

整間教室哄堂大笑，連本來精神萎靡的我妹都超開心：「真的很慶幸我有來。」

我也好慶幸，覺得上帝在造每個人時，手法也不過跟吳尚洋一樣美好靈巧而已。

而我們居然得以親眼看見。

感謝突然出現的小學同學，我妹說她經過這趟情緒三溫暖，昨晚睡得超好的。

小香很忙

愛哭鬼賴皮箱

黃素香的姊姊長得很白很美，小時候周圍的人都說姊姊將來可以選中國小姐。至於又黑又瘦滿山遍野亂跑、後面追著一群小孩求她講故事的這個妹妹，就只能被叫成小小的「賴皮箱」了。

賴皮箱家裡男生穿的是麵粉袋縫製的內衣褲，粗糙不說，常年反覆洗曬下來，迎光已呈薄紗透明狀。鄰居看著黃家的曬衣桿，偷偷慶幸原來自家不是最窮的，禁不住在心中五十步笑百步起來。

黃媽媽愛乾淨，早上起來第一件事屋內屋外掃除一遍，附近婆婆媽媽見了不但不幫忙，反而抱著手站在旁邊，時不時開口指點：「順便把這條水溝清一清，巷口最近很多落葉，待會兒那邊也過去掃掃。」

黃爸爸出門上班，見人便笑咪咪打招呼，自以為身分高貴的那些人抬眼見是他，懶得搭理，連應都不應一聲。

賴皮箱是個野丫頭，每天山丘小溪胡亂逛玩，滿腦子奇妙的畫面與故事，那一帶小孩都愛她，追著求講故事。沒有電視、書本少見、娛樂稀缺的年代，黃素香是他們心目中最佳導演最佳編劇最佳演員。但夥伴們回家後會被罵：「不要跟黃家那個女孩玩，一家都是下等人，離得越遠越好。」

黃家這個老三，個頭小小，整天笑嘻嘻的，但把這些大人的人情冷暖看在眼裡，一肚子委屈無路可出，講故事講到悲慘處直接放聲大哭，小伙伴們笑喊她「愛哭鬼」，演得那麼入戲，沒人懂得她為什麼流那些眼淚。

學會英文，第一次聽懂電影《綠野仙蹤》的主題曲〈Over The Rainbow〉的歌詞時，她驀然呆立，眼淚嘩啦啦地流。

「If happy little bluebirds fly（如果小青鳥）／Beyond the rainbow（都能在彩虹彼端幸福飛翔）／Why, oh why can't I?（我又何嘗不能）」。小香覺得桃樂絲

唱的每一句都是自己的心情，她也想要高高飛翔，讓煩惱像檸檬汁般在水中溶化，在那遙遠的最藍的天空裡，有她閃閃發亮的夢之地。

賴皮箱的爸爸是廣西人，國共內戰時被拉伕當了兵，跟著軍隊一路來到台灣。媽媽曾是一名成功商人的獨生女，父母留下她從福建到南洋做生意，寄回家鄉的大筆金錢被私吞，女孩甚至被逼迫得辛苦打工供養親戚一家。父母客死異鄉後，她隨著好友遠渡重洋逃到台灣，在此處遇見小香的父親。

扶養四個孩子的擔子沉重，老天卻雪上加霜，黃爸爸在軍中被傳染肺結核，當時醫療環境不佳，十幾個得病的同僚陸續過世，正等死當頭，一位醫生來問他：「有個美國的醫生在找人實驗新療法，你要不要試試，醫死了他不負責的。」

病人回答：「本來就沒救了，就讓他死馬當活馬醫看看吧。」

美國醫生將他一邊的肩胛骨、好幾根肋骨跟大部分的肺部切除，居然因此存活下來。但是從此身體虛弱，只能由黃媽媽出去工作，原本的一家之主留在家裡照顧小孩、洗衣煮飯。

黃家的景況愈是不堪了。

圖書館裡的學霸男孩

黃家雖窮，小孩卻個個出色。

賴皮箱得意地說：「不管人家怎樣看不起我們家，我姊就是大美人，我哥就是功課好，我畫畫常得獎呢。」黃家大哥真的很會念書，雖然穿著麵粉袋縫的內衣，卻一路考上建中跟台大，是那附近第一個當上醫生的。

小香很會畫畫，數學卻爛得不行，國三時她天天到圖書館猛念，還是抱回一個又一個鴨蛋。哥哥看她這麼慘，巡了圖書館一圈，發現有個全建中數學最好的同學正好在場，便拜託人家來拯救這個妹妹。

「他教得很認真欸，一直講一直講，我就一直點頭，講完之後他突然把試題紙一翻面，寫了好多題目說這些都是跟剛剛類似的題型，妳再算一遍。我剛剛雖然猛點頭，但根本沒聽懂，突然要我自己算，我都懞了，坐在那邊就哭起來，把他嚇壞啦。」小香笑著回憶。

學霸第二天到學校跟她哥哥說：「你妹妹完全不行啊，這樣怎麼考得上好高中。」那天以後，男孩天天到圖書館找她，不但教她不懂的地方，還自製講義、出考卷，小香一面聽一面想：「這個男的好無趣喔，滿腦子只有數字跟算式。」

誰知等到她考上高中，男孩突然跟她告白。就這樣，十五歲從小黑炭變成小美女的黃素香，展開了初戀。

「如果用現在的話說，他也算是我的大仁哥吧。」她回憶著笑起來。

十九歲新娘

大仁哥要去當兵前跟念大一的小香求婚，她瞪大眼：「不可以啦，好多同學連男朋友都還沒有，怎麼可能現在就結婚。」

男孩不死心，跑到家裡跟她媽媽講，黃媽媽嘴裡說好啊好啊，等男友回去馬上回頭跟她弟弟說：「太可怕了，以後你看著你姊姊一點，別讓她跟這男的再見面，我們家夠窮的了，他們家比我們還慘，小香還小，可以多交幾個看看，至少得找個家境好的吧。」

就像教數學一定要教會那樣，大仁哥對於娶小香充滿決心，天天在門外守候。有時敲門大喊，有時跌坐抓頭，那樣困獸般的舉動到現在老鄰居都還記憶猶新津津樂道。

小香本來沒那念頭的，但一被媽媽禁足：「我突然發了瘋似地想嫁他，每天哭得一把鼻涕一把眼淚，簡直在演瓊瑤電影。」

爸爸幫她求情：「我看就別再多交幾個了，像我們家老大，動不動就有男孩子在巷口為她打架，像什麼話，那男的好歹也是建中、台大的，家境差一點沒關係，他們可以開創自己的未來嘛。」

當時規定年滿二十才能結婚，公證那天，他們苦等小香的監護人來簽字，緊張到最後一刻，才看到她媽媽不甘不願一把鼻涕一把眼淚地到來，「我們兩個鬆一口氣，終於可以結婚了。」

小媳婦

小香媽媽說得沒錯，大仁哥家比小香家還不如，公公生意失敗後一蹶不振，婆婆離家，經濟窘迫不堪。

「那時候啊，公公天天關在家裡，心情很不好，我跟我先生說，這樣下去太可憐了，給他再找一個伴吧。後來有人幫忙介紹，對方是喪偶有小孩的，我自告奮勇幫忙帶小孩，以便他倆可以常常出去看電影喝咖啡培養感情。」在這個年紀小小卻很懂事的媳婦幫忙之下，大仁哥的父親終於覓得第二春。

不久大仁哥當兵去，小香連新婚乍別的難過都沒空多想，那時她念美術系，每天下課後忙著去咖啡館畫海報，再兼一份差做美術設計賺自己的學費，希望還可以補貼先生家裡一些。

一年多後她先生退伍，決定出國念書，雖然申請到全額獎學金但還是得自籌機票跟生活費，於是也跟小香一樣開始了一天做好幾份工作的生涯。

「那時有銀行要請他，但打零工時薪更高，所以他決定去搬磚、扛水泥。扛水泥當然是一身的石灰，再混合汗水，到晚上回來，我記得他那條牛仔褲已經整件變得硬邦邦，洗之前要先用棒槌把褲子砸軟、清掉鹽塊跟水泥塊才能開始洗，每天都一邊流汗一邊流淚地洗到半夜。」

等湊足機票錢飛機到美國落地，「他全身上下只有口袋裡裝著的六百塊美金。」小香現在想起來，只覺得很有趣，說就算當時也沒有憂慮害怕過：「要忙的事太多了，沒時間多想啊。」

打算畢業也去美國，小香身兼三份工作籌錢：「白天在百貨公司當美工，百貨公司打烊後接著做櫥窗擺設，常常工作到天亮，週末還接插畫的案子，就這樣日以繼夜、夜以繼日不斷努力，最慘的是，我先生在美國因為沒車，大風雪夜晚走很遠的路去購物，居然體力不支昏倒在路邊，得到消息心疼極了，因此更加拚命工作。」好不容易存夠錢，終於到美國跟先生團聚。

愛在他鄉

大仁哥在美國僅靠微薄研究生津貼生活，因此小香就算來了也還是得打工養活自己。

「在美國打的工才多哩。教過調皮得要死像猴子般一直爬在樹上的美國小孩畫畫；做手工藝品在商店託售；當中文跟書法家教；開過動物畫展；還曾經抱著兒子女兒坐在街頭賣畫。」

「好不容易在一個餐廳找到服務生的工作，老鳥欺負菜鳥，表面好心說，哎呀，我們把最好的三樓區塊整個都給妳，服務的客人多小費也多，多好啊。等吃飯時間一到我才知道真實情況完全不是他們講的那樣。」

廚房在地下一樓，小香點好餐跑到地下室，之後衝回三樓為其他客人點餐，等餐好，體重三十七公斤身高不到一六〇公分的她端著一大盤食物氣喘吁吁爬四層樓：「好多人都等不及走了，不然就是被罵到臭頭。」

一天下來，小香疲憊不堪哭著跟經理說自己沒辦法做這工作，經理問：「好，現在妳告訴我，今天妳拿到多小費？」她手攤開又委屈得哭起來：「才一塊錢。」經理不但沒生氣，還很高興回答：「太好了！一直以來三樓服務生沒人拿到過小費，才第一天就有一塊錢，已經很棒了，妳繼續加油。」

小香回家想了一夜，第二天她規劃新的點餐方式，跟廚師溝通迅速交換訊息的辦法，幾天後，小香就能順暢點餐送餐，小費一天比一天多，大家從此不敢小看她這個矮矮的亞洲女孩。

她一面打工一面進修，照顧大仁哥生活起居，之後更生下兩個小孩。先生畢業在加州知名大學教書，一家人終於在美國過起溫暖充實的異鄉生活。

幾年後先生拿到台灣的大學客座，決定回國看看。小香再度開啟獨自奮鬥模式，不過這次多了兩個小孩，責任更加重大，辛苦乘以很多很多倍。即使如此也沒忘懷她的藝術之夢，為了可以去紐約帕森斯藝術學院進修，三人從加州搬到紐澤西。

在那裡選修一直很喜歡的布花課程：「對從小就愛畫畫、念過美術系的我來講，是很容易上手也很好表現的東西，老師第一次看到我畫的布花，驚為天人，課程要結束時，他跟我說可以給我獎學金，將來還打算介紹我去紡織公司，保證一年可以收入多少美金。」

然而，就算小小賴皮箱自由自在才華洋溢活力充沛，隨時可以在任何舞台發光發熱，但回頭一看，她仍舊還是個沒辦法放下孩子的母親：「先生在台灣受聘為專任教授，決定讓他們回台灣上學，兩個每天打電話給我，哭著說媽媽妳什麼時候才要回來？」

於是進修結束，黃素香還是決定整裝回國。

翻轉人生

回台後她從事美術設計、禮品設計、卡通構圖師、精品設計等，一次工作上認識的客戶問要不要參加珠寶設計比賽，第一個反應是「啊？珠寶設計？那是我可以做的東西嗎？」

小香可是什麼都敢試的，空閒時間畫了幾張挺滿意的圖：「畫畫的技術很多人都有，但可能因為我真的經歷太多，又滿腦子稀奇古怪的點子，所以融入作品時或許可以呈現出特別的亮光。」

那年，從來沒做過珠寶設計的黃素香跌破整個業界眼鏡，以可轉換式概念創造出的「彩虹天梯」一舉拿下有鑽飾界奧斯卡之稱的「DE BEERS 國際鑽飾大獎」，成為第一位得到這個獎項的華人女性設計師。

越做越有興趣，陸續又以鑽石、翡翠、黃金、珍珠、彩色寶石等設計獲得各種國際大獎，並得到蘇富比、保利等國際拍賣公司邀請，作品拍得極好價錢。

誰也沒想到，那個愛哭愛講故事滿山遍野亂跑的野女孩，如今居然穩坐台灣珠寶設計家大位，擁有自創珠寶品牌「蘇絲黃的飾界」和「Rainbow delight」（還記得她最愛的那首歌嗎），來往皆是巨賈貴婦、政商名流，再也沒有人會說「別跟她在一起玩，她是下等人」了。

「進入這行時，我父親已經不在，如果知道他的小香現在可以做出全世界都喜歡的美麗珠寶，該會有多高興。」

那年堅持要考美術系，媽媽大力反對，說畫畫的沒前途，將來會餓死，而疼愛她的爸爸卻摸摸女兒的頭對太太說：「妳別管她，說不定小香將來會當個大藝術家呢，又或者她會嫁給一個有錢人，然後供她畫成一個大畫家啊。」

沒有辜負黃爸爸的信任，她如今真的成為大藝術家，也擁有美好的家庭、心中真正想要的那個樣子的生活：「就算到了現在，我也一直沒有忘記那個最單純的自己，和堅持腳踏實地過日子的心情。」

回顧過往，總有好幾處令人為她捏一把冷汗的地方，她說：「人生這麼短，放在心愛的人跟事上面都來不及了，哪有時間想不好的事呢？」

黃素香就像《綠野仙蹤》裡的桃樂絲，雖然弱小，卻能打敗女巫、幫助稻草人得到頭腦、鐵皮人得到心臟、獅子得到勇氣，最終還能使用魔法讓自己回到最溫暖的家庭裡。

常有人問她，怎麼這麼傻？怎麼不害怕？怎麼不生氣？她笑回：「哪有時間啊！哪有時間計較自己愛的男人窮不窮，哪有時間去想從年輕就拚命工作的自己有多辛苦，哪有時間懷疑跟先生分離兩地時會不會發生什麼，更沒時間去在意別人的歧視與陷害。」

現在的她忙著畫畫、設計頂尖精品、與好友談心、照顧身邊所有人（啊差點忘了報告，搬過水泥跟磚頭的大仁哥，現在一整個功成名就威震學界啊）（超級振奮人心）（女主角十分低調，所以我不能告訴你們他是誰）（搖手指）、悉心整理擁有豐富四季變化的院子。

那個小小的愛哭鬼賴皮箱一直都在，從那時到現在，黃素香還在忙著用愛，拯救地球。

坪林阿信

我問暑假準備考廚師證照的龍鳳胎甜甜堂堂，明天在哪考試，他們說，普林思頓。蛤？普林思頓？美國那個普林斯頓大學？不是啦，就是育達。育達？育達跟普林斯頓有什麼關係？

正在臨時抱佛腳猛念營養學跟勞工法的堂堂頭也不抬：問我嘍？（欠揍青少年常用句型）

時代真的不一樣了，以前北大是北京大學，現在是台北大學；以前康橋是徐志摩的康橋，現在是新店的私立學校；以前柏克萊是蔣孝文、陳文茜念過的加州名校，現在是網路書店。

媽媽妳忘了牛津，現在是賣牛肉麵的。甜甜冷靜補充。

總之呢，我們當天就來育達，喔不，是普林思頓考中餐丙級證照。報到之後，一個應該是他們去上的補習班的老師在台上一一重複叮嚀：「勾芡跟水一比一下去，攪攪攪數五下，如果不夠濃稠再慢慢一點一點加不要一下子下去喔，萬一太濃也不要不管，可以加水，記得紅盤白盤的消毒步驟，油飯雖然沒有寫蒸但也要記得洗蒸籠，洗手噴酒精不要忘記……」十分快速流暢一點不打結，感覺像講過上千遍。

甜甜從昨晚就一直咕噥說我給她準備的廚師黑皮鞋有白線會不過，於是她自己跑去跟那位老師問，果然說這樣不行，帶著我們去她的車那邊，打開後車廂居然擺了不同尺寸的黑色包頭皮鞋。她笑說：「每次都會發生同樣情況，我先準備好。」

回到教室又有狀況，第一批準備考術科的學生中有一位手指有傷口檢查不合格，急問有沒有乳膠手套；接著又跑過來一個頭髮很短的女孩，傻笑說我今天只有帶身分證其他都沒帶怎麼辦。

老師趕緊上前拍拍一個正要進考場的男生：「你等一下考完刀子借那個美眉喔。」然後從包包裡找出乳膠手套。

哎呀有人指甲太長不能進場，她立刻從口袋裡拿出指甲剪。

「老師妳教幾年了啊？」打從心裡佩服她的專業與沉著。

「我喔？二十幾年了耶。」

旁邊另一位老師笑道，她不只是老師，還是這家補習班的老闆呢。

啊，原來是老闆，許主任。

許主任說她六十五歲，說真的完全看不出來，稍稍豐腴的體格十分靈活，紋過的眉與眼線使得她臉部表情生動，感覺好有精神，看我對她的故事如此好奇，索性拉張椅子坐下來，說起一段傳奇。

出生在新店坪林——說是坪林，但其實我們住很山裡面，從坪林到我家還要走六個小時。她兄弟姊妹共八人，加上父母是整整十口之家，「以前真的很窮，窮得要命，連飯都沒得吃。」

她記得父母透早出去工作時天還沒亮，要點火把照路，工作結束太陽已經下山，同樣還是得點火把才能回到家：「放假我媽媽帶我們八個去山上撿柴，走到一個地方我們解散各忙各的，回來我媽媽再捆成一把一把，到現在還記得那畫面，大哥最大扛最多捆，接著遞減，到最小的弟弟剩細細一捆，然後排隊一個一個走下山，現在每次看到連成線的螞蟻，都會想，那就是我們家。」

雖然窮，但記憶中的家十分幸福：「台灣第一個教學生不要加味精、用蝦米去熬湯頭的就是我，這是跟我爸學的，以前溪裡很多溪蝦，很甜，想起來會流口水，我爸有空會抓一堆回來，曬乾之後用篩網一直翻，蝦殼被風吹掉，只留下蝦米，我媽去挖她種的樹薯回來，磨碎在水裡沉澱出白色的粉，蒸熟切條比河粉還彈牙，蝦米煮樹薯粉條，好吃得不得了。

「我媽手真的很巧，這點我有遺傳到，以前衣服都是麵粉袋做的，女孩子穿寬褲蹲下來會走光，她就改做束口褲，還會做給老人用的烘手爐，那個東西雨季時也能拿來晾衣服，爐裡燒柴，上面罩著竹編的籠蓋，放在上面慢慢烤乾。冬天她一面弄，我們小孩就一面圍在旁邊玩，想起來真是很快樂。」

雖然阿嬤一直罵，女孩子不用念那麼多書，難道要去當博士嗎？但母親堅持讓她們姊妹上學。三個女孩國中畢業後一起搬到汐止，半工半讀賺自己的學費，並且牢記爸爸的名言：「寧願幫聰明人拎皮包，也不要給笨人當軍師。」

那時候我們在不同地方當辦公室小妹，我二姊在代書事務所，三姊在會計師事務所，我是在電子公司打英文標籤。爸爸說，人這一生至少要有三樣專長，這樣就不怕沒飯吃，所以我們都一面打工一面認真看公司裡面的人在做些什麼。

結果我三姊學會所有會計相關的工作，畢業後跑到八德路開會計師事務所，前老闆因兒子不願繼承父業，跟三姊說妳回來汐止開吧，我把所有客戶轉給妳。她認為人要知恩圖報，老闆教導那麼多應該要回饋於是同意，現在這個會計師事務所已經是新北市規模最大。

而二姊打工的代書事務所老闆很迷打保齡球，把所有業務交給她這個公司小妹。當時法規允許，沒有相關證照但辦件數超過兩千就可以直接取得代書資格，原本擦桌子倒水的二姊辛勤工作幾年後成為正式代書，並開設事務所，最高峰時手下有數十名代書。

而眼前這位廚藝補習班老闆謹記父親交代：「我十幾歲就有紋眉證照、美容師證照。看到人家做房地產賺錢，也想做，問到一塊地，朋友說妳試看看，之前他們委託里長賣好幾年都沒賣出去喔。我一看，居然有四十幾個共同持有人，祖產，就是俗稱的祭公事業，我一個一個去找，持分少的根本不急，但缺錢的很急，有的喝了酒才願意簽……想盡辦法讓四十幾個人統統都簽，結果真的讓我賣成。這下子名聲傳出去，大家都來找我賣地。」

後來一家直銷公司把她跟先生找進去，兩人很努力做，開發了五百多個客戶，公司卻做了極不利於他們的決策。「我發現了很不爽，這沒道義，歪哥，他們以為我會捨不得這五百多個客戶非得吞下這口氣，但我不要，我們兩個直接離職，我不要委屈，我要你倒。」

個性直爽不怕事，但先生從高階主管位置下來後不免有些鬱鬱寡歡。想了想，她跟他說，你們家本來就是做餐飲的，那我們也來做。當初兩人會認識也是因為老公的父母在她打工的電子公司開餐廳，一旦下定決心他們立刻開起便當店，再遠都送。

「那時是民國八十四年，政府規定便當業者要有中餐執照，我一次就考到丙級，再一次又考到乙級，經過幾次考試發現考廚師執照有市場，又馬上決定開餐飲補習班。起初沒人看好，認識的一些老師跟評審都跟我說不要開啦，三年就沒學生了。我偏要開，到處發傳單，跟各家餐飲店老闆說，你讓員工來上課我給你分紅，拉十個等於你自己學費就不用交了。」

活用做直銷時學來的經營管理訣竅，報名的學生源源不絕。「有段時間去宜蘭考，我每次都包四輛遊覽車，大家都被我嚇到。」

在連專家都不看好的情況下，她做到現在二十幾年，開闢了五種不同主題課程，做起來更為順風順水。做事業之餘不忘回饋社會，一直幫忙城郊各學校中輟生，希望他們即使不喜歡念書也要有一技之長。

感覺她放全部心思在事業上，想不到她仍能極好地兼顧家庭，輔助丈夫，用心帶大三個女兒：「她們小時候我沒有一天晚上不回家的，就算全台灣去演講，一定自己開車當天來回，她們長這麼大我從來沒打過，都是用溝通的，好好講一定聽得進去，看到什麼就儘快機會教育。」

三個女兒現在不管在國內還是國外，都做著她們真心喜愛的工作，學藝術的小女兒本來是英國電影公司幕後製作，但因疫情工作停擺，於是重拾對畫畫的熱情，成為知名刺青師，連BBC都採訪過她的店。

啊她是畫畫的，怎麼會去學刺青。我問。

哪還要學，我不是從小就紋眉給她看？

許主任講話邏輯清晰，簡潔有力，還風趣幽默，聽著聽著深深覺得賺到了，好幸運喔。我說，老師妳好像阿信。她大笑，哪有，我又不是女企業家，只是喜歡賺錢啦。

但其實我覺得她比阿信強，事業成功，家庭也顧得好，又一點也不悲情。她說我們這一代小時候吃過苦的，難得喪志啦，也不會有什麼壓力太大的感覺，因為不管怎麼樣都比以前好。

就像我爸說的，學一身技術，把每件事做好，對人真誠，勤勞，樂觀，這樣的態度拿出來，人生一定不會太難過啊。

少女小華

【××國中粉絲頁，校內尋人】

第十四屆一年十八班綽號黑仔，一年十二班九號想找你，如仍記得，請與以下電話聯絡。

我國中的時候也很想死

對我來說，小孩開始上學後出現許多意想不到的好事情，其中之一呢，就是可以遇到各式各樣有趣（當然免不了也有各式各樣可怕）的家長。

我跟大海媽媽因為小孩在學校選同一個社團而認識，她是開朗活潑的美女，五官立體像混血兒，畢業於厲害的學校，有份很棒的工作，然後老公還又高又帥事業有成，一對兒女漂亮出眾到令人嫉妒。

大海媽媽（我們叫她小華好了）（是否老公順便叫小明XD）說起來如果依勢發展的話，應該很有機會「演化」成恃才（財）傲物的貴婦，可是她簡直就像「錦衣夜行」成語（我真不愧是有念過一年中文系）的主角，常常刻意遮蓋住自己絢麗的光芒，體貼地不讓身邊的朋友感到任何壓力。

我覺得這是因為她太敏感了，敏感到悲憐萬物的程度，才會如此小心翼翼，深怕一不小心就碰撞傷害到任何一個哪怕是最微不足道的生靈。跟人開心聊天之際，笑著的眼裡有時會突然閃過悲憫、恐懼或是介於這兩者之間的某種東西。

前幾天聽到高中生自殺的新聞，我們感觸良多地在網路上聊整晚。

她說：「我國中的時候也很想死。」

啊?!不會吧，妳什麼都好（又這麼搞笑）為什麼竟有過厭棄人生的念頭。

聊天室裡，她講了一個故事給我聽。

小華老家是台灣南部很鄉下的小鎮，早年曾是平埔族耕地，境內那座供奉保生大帝的寺廟是宗教中心也是唯一的文化與娛樂中心，主要農作物是稻米和釋迦（我最喜歡的水果），不當農民的則多以傳統工業為生。

「印象中，我們家那邊從來沒有出過大學生。」

小華的父親經營著一間代工工廠，夫妻倆自己都忙得不得了，沒有餘力多管什麼，三個小孩放學後有營養的熱飯乾淨的被褥已是他們竭盡所能。

從來沒有人跟她說過「好好念書」這種話，只知道自己得乖乖的不要給爸媽惹麻煩，女孩就這樣懵懵懂懂一路到國中。

瓜子臉大眼睛瞪人很凶的小華進到國中馬上因為美貌成為全校焦點。下課時他們班的走廊聚集不同年級男生探頭探腦，放學路上總有人大喊她的名字：「某某某喜歡妳！某某某想跟妳結婚！」

回頭只看到幾個男生推推擠擠，小華翻個白眼繼續走她的路。

「不知道他們為什麼會注意我，也不記得什麼時候開始他們卯起來寫信，等意識到，已經多得要命了。他們究竟喜歡我什麼啊，真的不懂……我還小嘛，沒什麼想法，只覺得很奇妙。」

男生們在隨堂測驗紙，或是灑著香水的粉色信箋上寫「我想認識妳」、「可以跟妳做朋友嗎」、「如果妳願意回信就放在墊板下我會來拿」……在中間畫一個大大的花體的「緣」或是「愛」，將信折成國中男生所能想像最複雜最富有深意的形狀。

等放學鐘響大家都回家了才打開窗翻進教室，把青春最純真的心情放在小華墊板下，而那裡面通常已經塞了滿滿的其他男生寫的信。

「很多人等不到回音，慢慢就不寫了，只有一個叫黑仔聽說是我們這屆最大尾的，很有耐心，天天寫，好像他腦中完全沒有被拒絕這個選項，而且送來的信每一張字跟圖都超美。我心裡想，有可能嗎？大哥耶！怎麼這樣 High class。收了大概整個學期，忍不住回信給他，這是唯一一次，我問他，這些字是你寫的喔？還是別人幫你？」

第二天黑仔敢做敢當立即寫信懺悔，金拍謝，以前的信都是硬逼那個好班一年一班的阿立幫我的，將來保證每個字都自己寫。「問題是，大哥自己寫的字，實在，好醜，好醜，好醜。」小華講到笑出來。

她完全沒想到，這封信後來會引起那麼大的風暴，甚至足以改變自己的人生。

那時是國一下，好班開始趕上課進度，一年一班（以打學生出名）的導師覺得自己帶的這個男生班讀書風氣不夠好，明察暗訪發現不得了聽說有人在跟女生班通信，稍加逼問，阿立很快被出賣，慌張招供：「我是有寫，可是不是我自己要寫的，十八班黑仔逼我的，他在ㄆㄚˇ十二班的李小華。」

男老師提著教鞭衝到十八班，黑仔氣勢洶洶站起來（比老師高一個頭）：「有啊怎樣，我有寫給李小華，李小華也有寫給我，是不可以喲?!」

男老師憋著一肚子氣回到教師休息室。

要我說，我百分之兩百相信真實的故事往往比電影小說離奇，有時候故意約好的都不見得可以像人間事這般湊巧。

男老師進門看到里長正坐在裡面跟幾位老師泡茶，大家喊他一起來，然後介紹給里長認識，某某老師今年帶一年級的升學班，他每年帶的班功課都是全鄉第一。

「是喔，老師慣厲害，我小弟那個大的女孩今年也進你們學校念國一內，不知道她有沒有在升學班讓老師教到？」

「叫什麼名？」

「叫小華，李小華啦！」

老師一聽到這名字，惡意地把手上的講義朝桌上重重扔下：「這個學生我還真的剛好知道，跟你說啦，你這個姪女不是在升學班，將來也不可能會進升學班，她沒那個資格！不會念書就算了，還亂搞男女關係！」

小華說，那天晚上聽見車子的聲音，趕緊像平常一樣從房間笑嘻嘻跑出來迎接，但最疼她的爸爸卻發狠把門用力推開，逼得她連退幾步。

「妳給我說清楚！每天去學校都在弄什麼？不愛念書沒關係，怎麼把我們家的名聲都搞壞？跟男孩子在那邊不三不四！」

李家小女兒愣住了，不明白爸爸的氣從何而來，更搞不清楚不三不四是什麼意思，半天她只能擠出一句：「我沒有啊！」

「還敢頂嘴！學校老師都跟妳大伯父說了，大伯今天騎車來工廠找我，說妳在學校出名了，還講我們李家有妳這種女孩子金見笑！」

她沒見爸爸如此生氣過，顫抖著跑回房間，蒙頭哭到睡著。

雖然後來父親接受她的解釋，但鄉下地方這種，某某備受敬重老師說出的話，而且是「亂搞男女關係」八卦度如此高的重話，自然飛速傳遍小小鄉里。

保生大帝生日地方大拜拜，那年剛好是小華家主辦，一次要準備上百桌幾乎整個鎮的人都來了，小華的爸爸覺得很有面子，樂呵呵地把家裡的小孩都叫出來跟親朋好友打招呼。

平常對小華很好的麗如阿嬸看到她，眼睛一亮說：「小華現在怎麼生做這哩水？在學校應該是校花喔！」

她正傻笑著不知該如何回應，麗如嬸嬸旁邊坐著的大伯父女兒馬上冷笑接話：「校花喔，不要變成笑話就好，可能很快就會當未婚媽媽了。」

小華一直忍耐著到完成爸爸交代的全部任務，才僵硬拖著腳步躲進廟旁邊的小儲藏室，失聲哭了出來。

這不是唯一一次，早就感覺到學校同學異樣的眼光，和周圍那些意有所指的話語，總是會有長輩貌似慈祥地對她說：「小華，書還是要念啊，至少國中要念畢業學歷才不會那麼難看。」她知道私底下他們另外的嘴臉：「李家也不管一下小孩，那個小華一定國中沒畢業就跟人跑了。」「生做水有什麼路用，嘎男孩子亂亂來。」

黑仔在事情發生後，寫了非常多信，她看也不看全撕了丟掉。

那群男生在校內四處尋隙，只要有人說小華的壞話被其中的誰聽到，絕對當天放學就被堵在回家的路上痛揍一頓。那個氣勢洶洶的好班老師有一輛偉士牌，大燈不知被敲碎幾百次。

然而這一切不但救不了小華，反而是更將她推向地獄深處。

同學對她客客氣氣，沒人欺負她但也沒人親近。他們在中午三五好友吃便當時小聲議論，時不時飄來意味深長的目光。小華獨自把臉埋進飯盒裡，嘴巴確實動著，但不明白吃的是什麼，眼淚流進嘴裡，飯變得好鹹。

那是個窒悶的歲月和年代，一肚子冤屈不可能有人來替她昭雪，父母那麼忙，又沒有姊妹可以傾訴，只能晚上自己在房間裡，一頁一頁寫日記。

老家太陽一下山四方闃靜，伴著她沙沙書寫的只有蟲鳴。放下筆抬頭望向窗外，那裡什麼都沒有。此時此刻沒有人牽掛她懂她，像是被遺忘在了海中的荒島。窗邊有窗簾和窗簾的拉繩，她想，只要把那條繩子套在脖子上，就沒有煩惱了。

即使是好多好多年前的事，小華笑笑講到這裡，還是瞬間哽咽了。

「現在看起來，會覺得啊都是小事，世界這麼大未來充滿希望幹嘛在乎別人說什麼。但那時我才十三、四歲，不管往哪裡都找不到救命的光亮，喊到撕心裂肺也發不出一點聲音，又不想讓那些人看到我脆弱，每天拚命強打精神去學校。

「要不是覺得脖子被繩子套住一定很痛，我超怕痛的，要不是我膽子超小，要不是我那麼不夠勇敢，後來的世界真的就沒有我李小華什麼事了，現在也不用煩惱明天要幫小孩帶什麼便當。」她噗嗤笑出來。

接下來的地球上當然仍有小華，而且就像前面說的，真實人生比起小說那可是精采太多啦。

黑仔的七辣在我們班

國小沒怎麼念過書，國中理所當然被分在普通班，然而因為這事件，因為感受到生命那不可承受的什麼，她居然開始花時間念書了。不念則已，一念就「不小心每次都第一名」。

她的班導是位性格男子，看起來閒散不認真，放學後常跟一些男同學在學校圍牆外抽菸聊天。有天他突然看了一眼來領考卷的小華，說：「我不會看錯，妳是念書的材料，跟妳說妳好好考，不要一直待在這個班。」

很想回答老師，好啊，反正現在除了讀書我也不知道還能做什麼，但她當然沒說出口，拿著考卷默默走回座位。

國中二年級開學日，班導一看到她進教室，就走過來把她肩上的書包搶過去掛在自己身上。

「妳跟我來！」

小華慌慌張張追著書包跑，班導三兩下跨步上樓，進了他們那個年級唯一的女生升學班。她在門口煞住腳步，班導舉手跟站在講台上的老師打招呼：「喔咿劉老師，這就是我上次跟你說的李小華！」

「進來啊！」回頭叫她，接著四下看看：「那裡有空位，去坐，以後妳就是二年十班啦，好好念書，不要走錯教室，記住了齁？」說完他把書包往位子一放，跟同事揮揮手就走了。

小華覺得整間教室極度安靜，一定是地球為了她暫時停止旋轉，接下來應該要火山爆發海水倒灌吧。

身體像一片炭爐上的烤肉那樣發燙，喪屍般只能由身體帶著腦子無法思考的她走向新座位坐下。

整整一個月，她都只能緊緊靠著桌子旁的牆壁，除了上課外完全不抬頭看向任何地方。那面粉刷脫落露出水泥材質的冰涼牆壁，是她在末日世界裡最後的依靠。

班上有個常考第一長得漂亮的女生叫秀珍，在小華漸漸可以聽見周遭的聲音後，不知為何老是聽見她。

秀珍輕輕在笑，說了些什麼，然後圍在她身邊的同學也都笑了。

「我媽說，現在好班水準降低了，還是把自己的書念好，不要被壞學生影響。」

「欸欸欸，妳們有聽說十八班黑仔的七辣在我們班嗎？以後我們講話要小心，不然等一下被打。」

「張欣惠，妳坐那個位子有夠衰，考試的時候要小心，不要被人家偷看考卷喔。」

張欣惠就坐在李小華旁邊。

她聽到遙遠卻每個字都清晰入耳的這些話語，放下正在讀的課本，面朝牆壁縮起肩膀，想把整個世界關在單薄的背脊之後。

果然第一次段考，小華考了最後一名。

她是那年，甚至回顧過往歷史的話，也是從來不曾發生過的，從普通班轉進升學班的唯一一人。

後來才知道，原來普通班跟升學班的上課進度是不同的，小華落後幾乎半個學期，雖然老師想幫忙，但她說沒關係，我可以。

每天晚上讀書讀累抬頭看窗外，她像嗑藥似放任自己歡欣想像，如果可以現在死掉，就不用擔心明天要怎麼走進那個教室，怎麼面對冷漠嘲笑的眼神，那些親戚也不敢再用幸災樂禍的表情說什麼未婚媽媽了。

「可是我真的很怕痛，繩子勒住脖子好恐怖，那樣不能呼吸耶，想到這個馬上覺得啊我不想死。然後呢，不想死然後呢？真的要活下去嗎？活下去又辛苦得要命，但跟痛死憋死比起來，還是選活下去好了。」小華說。

可以說是置之於死地而後生嗎？

不敢去死的小華決定，好吧要活是嗎，那就活得讓他們嚇到的那種程度。

某天走進教室，又傳來顯然針對她的笑聲，女孩深呼吸挺起身體，快步朝那些人走去。見獵物躁動，秀珍人等挑起眉毛，臉上表情鄙夷又興奮。

「幹！妳們是底欸笑三小！」喊完小華雙手一抬，把她們圍坐的那張課桌嘩啦掀翻。

女生們銳聲尖叫，彈起身躲開。

小華喘著氣站在原地等待迎接全班的反擊，但，完全沒有。那些人驚魂過後只是低著頭收拾滿地狼藉，也沒有人笑了。

回想起來大海媽媽十分得意：「說我是黑仔七辣，那我就給妳們看看黑仔七辣有多恰！」

如果說每間教室都有它獨特的因所聚集者而形成的「流」的話，那麼從那天開始，「流」就開始暖洋洋地流向李小華。

每次段考都有進步，首先她追上課程進度，再來研發出以考題回推的讀書方法，分析考題的邏輯和偏向，再以此整理課文，不背文字敘述，而是去思考「這裡可以考什麼」。想像自己是個大廚，在菜市場大規模巡逛然後精準揀出可用材料。「老娘我要端出妳們無法想像的大餐！」如今氣質典雅的貴婦小華，講到興奮處口氣立刻變成十四歲的大姊大。

隨著成績變好，加上待人真心，每天中午捧著便當來陪她一起吃的人越來越多。「其實妳人很好耶，為什麼以前秀珍都說妳壞話？」同學大口嚼著食物說。

不知為什麼，現在一個人吃飯的變成是秀珍。

進入國三全力衝刺期有一天，秀珍的湯匙掉在地上，小華走過去幫她撿起來，說：「這個不要用了，我有多帶的，借妳吧。啊，對了，要不要過來一起吃？」

高中聯考放榜，小華以只差第一志願0.5分的好成績考上台南的第二志願，整個家族沒人敢相信，許多人特地上門來看那張錄取通知單，婆婆媽媽們竊竊私語：「甘真實嘞？小華慣熬讀冊？不是大家攏共伊足愛玩，還跟流氓談戀愛？」

「我媽在廚房裡倒茶，一面擦眼淚一面偷笑。其實她知道我很辛苦，只是那個年代他們沒時間也不知道該怎麼幫助小孩。」

秀珍也考上同一個學校。

看倌啊！要是你們以為，小華跟秀珍因為前嫌盡釋又考上同個學校，從此變成知心好友然後故事就此結束的話，那就真的太小看命運這件事了喔。

本來是可以跳過高中階段，直奔大學時代小華與小明（大家還記得他是誰吧）的愛情故事，但有件事，如果不寫的話我會憋到自己內傷。

那就是，我們如何知道「從來沒有人叫小華要好好念書」這件事是千真萬確童叟無欺？

聰明又漂亮（很會臥薪嘗膽）的小華考上第二志願後，鬆了好大一口氣，開學高高興興去報到，卻在開學典禮時猝不及防遭到晴空悶雷的襲擊。

「馬的！」這麼多年過去，小華想起那個瞬間還是很崩潰：「妳知道那天校長說了什麼嗎？我簡直不敢相信我的耳朵！他說，他說，他說三年後還有一場大學聯考！為什麼從來沒有人告訴過我，考完高中後還要考大學啊啊啊？」

「雖然後來是努力用功進了挺好的大學，但本人其實不愛念書，我念大學是念好嫁的。」

這可不是一句玩笑話。

整個社團的男生都在哭泣

上大學小華真是太開心了，記取高中第一天的教訓她早早打聽好——之後就真的不用再聯考了！

這位家鄉第首位考上名牌大學的大眼睛女孩，終於可以開始享受青春，一口氣參加好幾個社團，念書玩耍兩不誤。不過她跟國中時一樣，還是忽略了周遭男生愛慕的心情。

秀珍考上中部的大學，雖然國中時有點盛氣凌人，但其實是熱愛文藝又很有想法的女生。高中後來她們不打不相識地逐漸成為可以交換祕密的好朋友，這真是初在二年十班相遇時無法想像的。

在那時大學之間最流行的ＢＢＳ，秀珍認識了一個講話很幽默、讀很多書、又熱愛運動與重型機車的大二男生。

暑假第一天，他們在線上聊到各自的感情故事，秀珍問對方在現在學校有喜歡的人嗎？男生支吾許久，終於吐露：「在社團遇到一個不錯的大一學妹，想追，但喜歡她的人太多，應該追不到。」

「是喔？怎樣的女生啊？」

「就眼睛大大的，滿聰明的樣子，啊對了，跟妳一樣都是台南人。」

「欸，我高中同學今年考上你們學校耶，會不會就是她啊？」

「哪可能，我們學校從台南來的女生有多少妳知道嗎？不會那麼巧啦。」

「說說看啊，叫什麼名字？」

「講名字不太好吧，我跟她又沒怎樣，只是覺得很可愛而已，把名字講出來也太奇怪。」

「該不會是叫李小華？」

「啊?!」

那晚秀珍熬了整夜跟重機男孩描述小華是怎樣怎樣一個女孩，喜歡什麼，討厭什麼，最在乎的是什麼，還下了個預言式的結論：「小華真的很好，能娶到她是你的福氣！」

男孩嚇到：「咦，現在講這個會不會太早。」

然而第二天，男孩立刻打電話到女孩台南老家，那可是其他想追小華的男生都無法掌握到的重要資訊。

「然後那個暑假，他每天都打電話給我，都聊超久的，然後，然後就被他追走了啊！整個社團的男生都在哭泣啊……好啦我亂講的。」電腦螢幕上小華傳給我看的每個字都像有蜜。

所以小華說她念大學是念好嫁的，可真不是開玩笑的啊。（哎呀小明匆匆上場又下場了，本來還有超多想寫，例如有次小明、小華跟小明死黨在學校聊天，小明死黨說看，那個女的長得不錯，小明順著他的話看了一眼，光這一眼就讓小華瞬間雙眼含淚，大喊看什麼看有什麼好看的，扭頭甩髮就走，留下瞠目結舌的小明與朋友呆立現場……可是再這樣寫下去可能要出一整本書才能講完了啊啊啊。）

那天到深夜了，我們還聊著，小華說：「不自殺之後，可以經歷這麼多美妙的事啊！如果現在穿越時空回去告訴十三歲的自己，可能國中生的我也無法相信吧。唯一能感謝的，就是當時的膽小與沒有勇氣。」

小華送出流淚的表情符號：「不用活得那麼勇敢，孬一點沒用一點都沒關係，像游泳那樣憋住長長一口氣，下次探出水面時，可能已經到達陽光燦爛的地方了。」

●

黑仔，我是一年十二班九號李小華，還記得我嗎？娘家隔壁的阿東給我你現在的住址。我想跟你說，雖然當時我超恨你，但現在卻非常感謝你，謝謝你當年寫信給我。曾經因為這些信我經歷很慘的國中生活，但也因為這樣，我找到人生全新的可能。

如果那時你沒寫信給我，我應該還是跟小學一樣傻傻的，可能順利念完國中高中，然後在台南結婚生子，過著跟爸媽一樣簡單幸福的日子。回想起來，知道有其他人生的可能，是你帶給我的機會和幸運。

最痛苦的時候，有一次趁跟我媽去拜拜，求了一支籤，籤上寫的是「自求福德自天申，福分未真寧作真，運動行藏皆合意，一番喜氣一番新。」到現在，我還好好收藏著這張籤紙，黑仔，你應該就是我十三歲時的福分。

你現在好不好呢？每年回台南都還是會去拜拜，你也總是在我代為祈求幸福健康的名單上喔。

李小華敬上。

二號許願機

回憶總是占我心

幸好那些念念不忘的人，
總會在我生命不經意之處，
輕輕給我一個有趣的回響。

我們在泰良二村的歲月

好像是幼稚園大班時，我們從仁武國中的教師宿舍搬到莒光一個門牌寫著泰良二村俗稱「二樓三」的連棟透天厝。

大門是木製的漆成紅色，上面有一道一道白色溝槽，推開可見小小院子，紅磚圍起一圈泥土地種點木瓜樹小辣椒什麼的，我爸的大腳踏車跟我們的小三輪車停在旁邊。

客廳陰陰暗暗但十分安靜沁涼，磨石子地板，木頭架子的沙發，夏天把座墊收起來後，屁股接觸的就是冰冰的大理石椅面。牆上掛著爺爺朋友送的卷軸字畫，綠色窗簾聞起來有股灰塵味，夏天有時會掉壁虎蛋下來。

再後面是廚房，我常常在那裡翻找可以吃的東西，半顆饅頭、一塊榨菜或是嚼碎後會變很黏的沒有糖殼的土黃色健素糖。一次爸媽跟客人在客廳講話，我從樓上潛至，打開冰箱抓了塊冰成白色的肥肉塞進嘴裡，卻吃得太急噎住，驚動了全部的人擠進小小的廚房看我蹲在地上嘔吐。

二樓其實不算一層，應該說是低矮夾層空間（所以這種房子叫二樓三），當成我跟妹妹房間，左右兩邊貼牆各放一張掛著蚊帳的單人床，地板是正方形紅色陶磚，正中間天花板懸掛只有一顆燈泡的小燈，睡前得有人負責按掉用電線垂在下方的開關，然後在黑暗中嚇得要死赤腳跳回床上用毛巾被把頭蒙住。

有扇小小窗戶可以看到對面貼得很近的房子，那裡也有個同樣大小的窗戶，住著姓林跟我們差不多大的兄弟，兩組小孩會趴在窗前喊來喊去地聊天，在各自媽媽的叫罵聲中關燈睡覺。

三樓有兩個房間，一間我爸媽住一間我爺爺住，爺爺房間的狹窄陽台十分明亮，他不在家時我在這邊用放大鏡聚集太陽光燒螞蟻。爺爺有個像卡通裡海盜會有的沉重木頭做成、四角包鐵的大箱子，可惜裡面沒有寶藏，只有樟腦丸跟幾件舊衣服。我弟有一次玩捉迷藏不知怎的突發奇想躲了進去，想出來時發現打不開蓋子，拚命喊叫，本來在看書的我爸眼鏡摔在地上都不管尋聲急得到處找，最後才從箱子裡救出全身大汗哭得滿臉通紅的小兒子。

搬到泰良二村最開心的是我，因為隔了幾間房子的金家，最大女兒跟我同年，一樣夏天過後要上小學。她長得又高又白，比向來被說真高的我還高，瞳孔跟頭髮都有點咖啡咖啡的，鼻子好挺，跟塌鼻黑髮的我十分不同。

事實上不只是她，她的一個弟弟兩個妹妹也都好看，大概是因為他們的爸爸媽媽都長得又高又好看吧。

金爸爸也是外省人，浙江浦江，高大膚白，聲音宏亮，眼睛炯炯有神，笑起來臉頰上有長長的酒窩，穿軍裝十分帥氣，見到我很高興那樣大聲喊我的名字：「王蘭芬！對吧？」有時會有吉普車開進我們小小的巷子停在他們家門口。就像他們的姓一樣，每次靠近那屋就覺得有種閃亮的東西讓人必須瞇起眼睛似的。

我們每天每天都在一起玩，他們家不知為什麼有個中型黑板，很適合玩老師跟學生的遊戲，倒拿雞毛撢用細長握柄指著我們辛苦搬椅子墊腳寫在上面的「金」、「王」、「蘭」（我跟她的名字裡都有蘭所以會寫這麼難的字），要底下坐在小板凳上的她妹妹跟我妹妹大聲跟著念。

或是把薄被披在頭上演新娘，用樹葉跟花當菜一盤盤珍貴兮兮地端出來，還有跳房子，跳繩，警察抓小偷，尖叫到我們兩家中間那戶常年跑船好不容易回來一趟卻被我們吵得不能睡覺的孫爸爸，穿著汗衫短褲走到二樓陽台手扶欄杆破口大罵。

有時候也會吵架，誰也不讓誰，我就把我們家最寶貝的積木搬到他們家前面，吆喝鄰居小孩都來玩，她妹妹會忍不住也跑出來，金家老大氣呼呼嘩啦一聲打開大門喊：「金某某，妳給我回來！」

她妹妹跟她一樣白，我羨慕都來不及，她們卻覺得這樣很怪。夏天時兩個小女生把長裙拉到胳肢窩底下，露出肩膀跟手臂，在天台找一塊太陽最大的地方，就那樣閉眼仰躺在陽光之中，希望曬出跟我們那一帶女生一樣的黝黑皮膚。

我們都最期待賣豆花的出現，賣豆花老伯伯的鄉音比我們這排房子所有外省爸爸都濃，他戴斗笠用扁擔挑著兩個方形竹箱。一個裡面是一大圓桶的豆花，另一個箱子裡是加熱中的糖水，大家都拿家裡的碗來買五毛或一塊。老伯乾枯爆筋的手拿扁扁的鏟子仔細片下薄薄嫩嫩的豆花，澆上咖啡色糖水，圍成一圈的小孩們同時吞下一口口水。我們家都是拿碗去裝，有的人居然是拿小鍋子，驕傲地說：「買三塊。」一旁邊的我們倒吸一口氣，那是我第一次感覺到貧富差距。

我們一起學騎腳踏車，一起溜輪鞋，一起去市場買新鞋子，上小學那天一起寶貝地穿上。金爸爸用摩托車載我們去學校，她坐前面油箱，我坐後面貨架。在古老的教室裡，我看著她的背影，學習把背脊挺直，後來老師選她當班長我當副班長。

第一次考試時，我跟她說：「我們交換檢查吧。」她很有智慧地拒絕了我，之後總是她第一名我第二名。

金媽媽是高雄本地人，纖細清秀，十七歲時在軍營裡的福利社工作，金爸爸對她一見鍾情，帥氣軍官開始天天騎著腳踏車去他們家拜訪。十八歲就嫁給這個大她十六歲的男人，一口氣生四個孩子。金爸爸老是很忙，少見他在家，永遠是美麗的金媽媽笑咪咪地忙裡忙外，她氣弱，就算罵小孩也感覺要很用力才能罵大聲一點點。我媽教訓小孩向來下重手，毒打一頓摔在外面然後把門砰一聲關上。金媽媽會一臉不忍地牽我去他們家，給我一條毛巾擦臉。

金媽媽不打小孩，頂多氣到不行叫過來輕輕打手心，打完自己還心疼到幫他們擦藥，邊擦邊落淚。童年的我心裡偷偷認為是自己長得不夠漂亮不夠乖，才不能獲得母親同樣溫柔的對待。

那時我們這排房子對面有塊泥巴空地，做麻油的老人會在那邊鋪上塑膠布曬好大一片麻油渣，旁邊則堆放著像小叮噹漫畫裡常出現的巨型水泥管，吃過晚飯我跟她相約躺在水管上望著星星聊天，我說不知道天上除了星星還有什麼，她說我們皮膚底下有很多眼睛看不到的小蟲喔，我不甘示弱地講我在書上看到的神奇故事給她聽。

安靜單調的泰良二村有時也會有意外訪客，有天我們在外面玩，一小隊穿著軍服的阿兵哥邊跑邊答數地跑來空地，在帶頭的人口令下立定站好，進行一些簡單操演，幾個土呆小孩站在旁邊都看傻了。附近有很多軍校跟軍營，可能是天氣不錯時的小小戶外活動，看起來是班長的人嚴肅訓話：「今天我們來到……」說著轉頭問我們：「小朋友，你們這裡叫什麼？」我最大，責任心始然勇敢（但小聲）回答：「泰良二村。」班長說：「原來是泰良啊，這麼涼可不行。」我趕緊接話：「一點也不涼，這邊每天都很熱。」軍人突然揚聲大笑，阿兵哥們看起來也很想笑但沒笑。

還有一次從樓上下來又想找東西吃，媽媽居然很溫柔喊王蘭芬妳過來一下嚇我一大跳，走到客廳發現有兩個金頭髮的外國女人坐在沙發上，天吶這是什麼情況，但媽媽一臉我很不習慣的慈祥笑容，加上跟來的鄰居喊王蘭芬也一起來聽聽看嘛，只好走過去坐下。

後來長大才明白應該就是傳教吧，但那時鄉下人哪經歷過金頭髮外國人上門拜訪，都戰戰兢兢開門迎客。兩個外國女人居然會說怪怪國語，她們講聖經的故事，並帶我們禱告。我閉著眼睛一句句跟著念：「我們在天上的父，願人都尊祢的名為聖……」

這件事其實帶給我很大震撼，一直以來我爸都教我們要獨立，什麼都要靠自己，天上不會掉餡餅。但如果照著這樣的主禱詞念，心裡的願望可以傳達到上帝那裡，接著能夠實現，那不就是天上掉餡餅了嗎？雖然有疑問，但不免還是有不然試試看吧的僥倖心情，超用力閉著眼睛在心裡說：「上帝啊，請讓我變漂亮吧。」

二年級念完，有一天媽媽說金某某要搬家了，那是我人生第一次感覺到自己身上好像有一塊什麼被生生割走那樣的痛。連拖鞋都來不及穿就衝出去，那裡已經是一團亂，門口停著卡車，大人進進出出，四個小孩跑過來跑過去運送著自己的課本玩具。

我站在那邊很擋路，大家繞開我走，我追著金家老大問：「你們要搬家了嗎？」她不敢看我：「對呀，要搬去台北。」拚命忍著快要哭出來的哽咽嗓子假笑說，「妳要寫信給我喔。」她點點頭：「好，我到台北寫信給妳。」

黃昏時車子發動了，鄰居都走出來送他們，金家四個小孩有點累但有更多是興奮，他們看起來好開心，我心想。沒辦法眼睜睜看人生最初也是最重要玩伴真的就這樣離開，再也不會回來，我跑回房間，黃昏最末微弱天光裡趴在床上哭了一頓。

飯桌上我爸問：「金家搬走啦？」我媽說：「對呀。」「王蘭芬好像跟他們家大女兒很要好啊。」爸爸看看我。

吃過飯我走到他們家門前，裡面一片漆黑。

只要她不搬走，我可以一輩子當第二名跟當副班長，也可以假裝沒有比她會騎腳踏車跟溜輪鞋，就算在她旁邊永遠比她醜十倍也沒關係，只要她繼續跟我住在同一排，每天睜開眼睛就可以見面一起玩就好。

那時我全心全意這麼想。

她真的有寫信，有時會寄卡片，我挖空心思絞盡腦汁也想不出什麼像樣的回信，覺得自己弱爆了，她在台北一定變更厲害，腦中描繪她像公主一樣被崇拜的人包圍，這樣的她很快就會忘記我了吧。但有回她在信封裡放了張她爸爸的名片，說有空去找他們玩。

我像聽到神的旨意般一直牢記這個邀請。

應該是五年級，暑假跟我媽回台北娘家，我又哭又鬧堅持要去中影文化城找金爸爸。那張名片不知多珍惜地保存好多年，記得上面寫的頭銜是經理。我們找到辦公室前，媽媽跟小阿姨不敢進去，推我去問，只好硬著頭皮去拉那個玻璃門，正巧有人從裡面走出來。

那天天氣很好，陽光燦爛，當年的中影文化城有許多大樹和仿古建築，整個就像電影場景。那男人迎面而來，我這輩子第一次親眼看到有人穿全套白得發亮的西裝，他戴淺色墨鏡，留長長鬢角，見我整個張嘴愣住，笑得比陽光還燦爛，說：「嘿，妳沒看錯，就是我！」

那人是陶大偉。

找到金爸爸後，穿著時髦藍色西裝的他很高興地帶我們逛了一圈中影文化城，他說他們家老大現在也好高啦，比王蘭芬還高嘍。真的超想能見面，但媽媽急著要回山佳，我不敢要大人幫我轉達什麼，欲言又止揮揮手說金伯伯再見。

沒記錯的話，金爸爸住高雄時就已經在中影工作，他們家有個綠色書包，曾跟我們說：「這個書包可是電影《我女若蘭》裡面女主角用過的啊。」

後來金家老大考上北一女，有一年寄來照片，是穿著綠衣黑裙站在綠園前面拍的。我把照片放在書桌檯燈座上，那時我穿的是淺藍色的左中校服，心裡很絕望，現在已經不是她第一名我第二名了，而是她第一名我最後一名了吧。小小昏黃的桌燈光圈外，高雄夜涼像小溪一樣流進房間，蟲聲唧唧。

我一定要去台北，從此下定決心。

●

最後一次見到金爸爸是在醫院，他因突然胃出血檢查已是癌末，住在三總。那個病房出乎預料的景觀美好，寬敞的窗戶外面是內湖特有的藍天綠樹，依舊非常高大帥氣的老人坐在床邊等待我跟我媽媽。

像以前一樣熱情嘴甜，大聲誇獎我媽媽還是很年輕，誇我好厲害啊，「妳幫妳爸爸寫的書寫得太好了，讓我想起來很多以前的事，我們那個年代實在辛苦。」說自己後事都交代好了：「我走了不要通知大家，就燒了，骨灰撒向大海，順著水流，回歸故鄉。這樣很好，不要麻煩別人。」最最安慰的，是四個小孩都不錯，「我這一生算是很可以啊。」

金爸爸看起來精神真好，金家老大講先前爸爸許多朋友想來探病他還會生氣，但聽說我們要去卻非常高興，叨念著我書裡寫的東西他好多想跟我聊聊，見面前還要了梳子仔細梳了梳頭髮。我跟金媽媽說，金爸爸精神看起來不錯，如果他想回家就讓他回家看看吧。

結果我們離開後，金伯伯狀況急轉直下，或許有自知之明沒有再提回家的事。那天突然說想洗澡，洗完豎起大姆指，並不知為何指指天花板，之後安詳地在睡夢中離世。

好友傳訊息給我，寫：「那天謝謝你們來看我爸爸，他昨天中午過世了。」

我看著電腦，眼睛裡充滿淚水。

●

一九七七年王家老大跟金家老大躺在泰良二村空地水泥管上，兩手枕在腦後看著天空。

「好多星星。」我說。

「對呀，好漂亮。」金家老大說。

「那天有金頭髮的人來我們家，她們說天堂在比星星更高的地方。」

「所以現在看不到嗎？」她瞇起眼睛。

「對呀，要死掉以後才會看到，她說相愛的人最後都會在那邊相聚。」

「妳相信嗎？」

「我也不知道，妳呢？」

「我相信。」她像說夢話那樣聲音遙遠地回答。

再見白門

我念的高中雖然是當時高雄的第五志願，但當我氣嘟嘟地去念了之後發現，這根本是全台第一的亞熱帶文學桃花源啊。

我們有個像是歐洲小教堂似的、被棕櫚樹圍繞的獨棟白色安靜圖書館；跟一個感覺很專業的「青青文學獎」（語出《詩經．鄭風．子衿》青青子衿悠悠我心）（也因為我們校服是淺藍色）（字面上浪漫其實穿起來像公車司機）；還有許多佛系國文老師，眼睛望著遠方，聲音也彷彿來自遠方：對酒當歌，人生幾何，譬如朝露，去日苦多……然後南台灣的蟬兒們奮力唱和。

開學第一天我們國文老師瞎子一樣走進教室。

她的鏡片真的不誇張像小說裡寫的跟酒杯底一樣厚，行動緩慢似乎不確定講桌的位置，摸摸索索地走到，畏畏縮縮地開口，講課都對著我們看不到的天花板之神。

其實人家怪是怪了點，但上課內容相當紮實，改作業鉅細靡遺，以前作文還要用毛筆寫，她同樣用紅色毛筆把好句子圈圈圈一路圈出來，蠅頭小楷很漂亮地一一講評。

上學期大概上到一半，有天發完作文本她突然定住，不管有聽課或沒聽課的都訝異地望向講台，過了好久老師突然微笑起來（雖然天氣很熱但大家都有點冒冷汗），她說，最近我每次上完作文課，回到辦公室，同事們都搶著要看你們班一位同學的作文本，你們知道是誰的嗎？

我們面面相覷，平常像樹獺的國文老師怎麼突然變活潑有點可怕。

就是你們班王蘭芬的作文本啊，大家都喜歡看她的作文，寫得實在太好了，她又頓了一下，之後揚聲：正有如黃河之水天上來，生動有趣，筆端帶有感情，不輸名家之作……

那看起來好像還要繼續誇獎我的熱情聲音動作卻在下一秒戛然而止，她轉身開始寫黑板，大家情緒完全跟不上地一臉莫名其妙，害我本來要站起來答謝同學的歡呼的也只好一屁股坐回椅子。

就說我是誇不得的人，這以後國文老師上課終於安分認真聽了。

樹獺有時還會突然一臉正經地說起八卦，你們知道嗎，瓊瑤小說《窗外》的男主角，最後是在我們學校任教，現在已經退休了。在我們起鬨下她又加碼，某某老師本人十分帥氣，也非常有才華，但看起來總是鬱鬱寡歡。

每個禮拜五都會印文章給我們帶回去看，一定是不乏許多文學名作，但現在回想起來，我只記得其中一篇，是夏烈寫的〈白門，再見〉。

總是面容木然的樹獺在發下這篇小說後，像少女一樣羞澀而笑，推推眼鏡：「同學們回家可以好好閱讀，作者夏烈是林海音與何凡的兒子，這篇小說以年輕人的角度描寫模糊不清的愛情，以及人終究必須成長的過程，你們現在這年紀，應該會喜歡。」

沒等到回家，老師一面上課我就迫不及待看完了。

一群男校的學生都在談論，那個學校附近白色大門裡住的一個女孩子，雖然也是剪了短短的學生頭，穿著土土的學生服，但她清秀寧靜，仙女來的，沒有人真的跟她說過話，卻可以無中生有，編織關於她的故事甚至爭風吃醋。

意氣風發男校生經歷年少輕狂，通過大學聯考的激烈競爭，再踏進殘酷的真實社會，但他們友情堅定，經年不變，白門內的女孩是他們永恆的話題，已經成為一則美麗的信念與傳奇。

而最終，七年後，他們第一次真正與白門面對面相遇。

一口氣讀完，老師講課的聲音還在教室裡飄飄蕩蕩，我心神完全出脫，越過白色女兒牆，越過花開臭烘烘的蘋婆樹，飛向並不存在於人間、但又必定存在於人間的美好桃花源。

很多年後，在一個記者會場合，居然見到作者夏烈本人。他鬍子濃密，髮色金紅，模樣像外國人，講話也有點像，那時他在美國工作，是特地飛回來參加某個文學活動的。大部分媒體不熟悉他，只有我按捺不住興奮偷偷擠到旁邊，像個變態粉絲那樣小聲說：夏老師，我讀過你的白門再見，超級喜歡。

他一聽眼睛發亮，轉身驚喜看著我：妳看過？沒想到還有人記得這個小說，真是好久以前了啊。

〈白門，再見〉當年風靡一時，四十年後才有九把刀寫出《那些年，我們一起追的女孩》再度掀起少男純愛小說風潮。說夏烈是網路小說之祖師爺，一點也不為過呀。

那天在家附近散步，看到一扇斑駁老舊的木門，不知是漆脫落了還是原色，看起來像個白門。那篇小說一下子又浮出腦海，好懷念喔，現在哪裡還可以讀到呢？

後來在網路上找到一篇，作者說〈白門，再見〉最初刊登在建中青年，因為太喜歡所以他一個字一個字打出來放在部落格裡，我把那轉貼下來，改了幾個可能是輸入時誤植的錯字，珍惜萬分存好。

樹獺老師現在應該已經七、八十歲了，不知道動作是不是變得更緩慢，高二以後換了國文老師就沒再被她教過。如果說回顧高中生活有什麼遺憾的話，應該是老圖書館已經拆掉改建大樓，臭烘烘的幾棵壯觀蘋婆樹因一次校園施工失誤全部死掉，還有，一直沒有跟老師說謝謝，謝謝您讓我對自己的作文信心爆表，謝謝您讓我們見識到有趣的小說，還有無比珍貴的文學八卦。

心臟科名醫的輕狂年少

今天去看心臟科，醫生坐在桌前喀喀地敲鍵盤，然後望著電腦突然笑出來：「原來妳比我大一歲啊。」

●

大學時住在位於台大對面的教會附設學生宿舍，男生一棟女生一棟，裡面住了好多不可思議的人，江小亮就是其中一個。

忘記江小亮當年是第幾名考進台大醫科的，但後來他一個同學的老婆到現在我們還常在一起吃飯喝咖啡，說她老公總提起，班上有幾個怪物級的神人：「我們拚個半死，考前熬好幾天不睡才勉強過關，這些人卻每天玩，晃來晃去沒看到在念書，結果考出來都接近滿分，小亮就是代表人物。」

他真的都沒在念書的樣子。

每次看到他，不是在教會聚會大講笑話，就是在台大操場打棒球（只要有職棒賽必到場支持兄弟隊），或者很著迷地看《櫻桃小丸子》跟《東京愛情故事》。考試週兩棟宿舍一改平日的喧鬧，安安靜靜，只有他一個人坐在客廳翻報紙，百無聊賴。

一次男女舍合辦畢業生送舊活動，有人上去唱歌，有人表演吉他，鋼琴當然是少不了的。那晚為了營造氣氛，場地關掉大燈只亮著燭光。某段節目裡先是香港僑生尖頭饅（現在是香港理工大學教授）西裝筆挺坐在鋼琴前彈奏，四小節過後一個身影閃出，昏暗裡只見那人脖子下架著小提琴搭上琴弓拉出美妙至極樂音。

底下的我們忍不住站起來，交頭接耳：「那誰呀？」

神祕小提琴家身穿白襯衫、黑長褲，打著領結，身體隨著樂曲自然搖擺，帥到一個不行。突然有個聲音大叫：「是小亮！」我們異口同聲：「蛤？」

要知道，這位醫科生每天都是破爛T恤短褲加拖鞋，最像樣的只有兄弟隊球衣。

大家會說，既然小亮絕頂聰明又才華洋溢，長得還挺帥的，一定很有異性緣吧。

但其實他的戀愛史超悲摧。（沒想到數十年後出現的網路流行語如此適用於當年）

小亮大三時，女生宿舍住進來一個泰雅族女生，輪廓深、身材苗條、個性溫柔，整個男生宿舍為之轟動。

其中轟動得最厲害的就是我們天才醫科生了。

沒多久兩個宿舍就傳遍小亮對小美一見鍾情，不管誰見到小亮就會喊一聲「小美找你！」（都大學生了還這麼幼稚），醫科生也馬上配合演出地轉身假裝驚喜問道：「在哪裡？」

別看他好像很瀟灑，一旦與小美面對面，平常超會搞笑的他馬上口吃，半天說不出一句像樣的話，只能著急卻深情地一直盯著夢中情人。

因為這樣，某次有女舍學姊問小美：「妳覺得小亮怎樣？」「什麼怎樣？」她回答。

「他們都說小亮喜歡妳，妳覺得呢？」

「我覺得……」大一女孩害羞地想了一下：「我覺得他有點像大色魔。」

這個回答當然火速傳到男舍，整棟樓平地一聲雷似地全炸開來，歡樂得一塌糊塗。

那時最流行的歌就是黃品源的〈你怎麼捨得我難過〉，這首歌在下一年的迎新晚會上被唱了一次又一次，成為我們所有舍友終生難忘的記憶。

那場晚會壓軸是個平常看起來超內向的理工科男生志明（人家現在已經是台積電高層），他鼓起勇氣把麥克風緊捏到快折斷滿頭大汗引吭高歌：

「最愛你的人是我，你怎麼捨得我難過。」

「在我最需要你的時候，沒有說一句話就走。」

「最愛你的人是我，你怎麼捨得我難過。」

唱到這邊突然鏗哩匡啷，所有男舍舍友推開椅子嘩啦站起來，直著脖子一起大聲合唱：

「對妳付出了這麼多，妳卻叫我大色魔！！！」

●

這就是我們超級有趣大學生活裡的一小段青春故事，如同我一開始所提示的悲摧，後來小亮跟小美並沒有在一起。小美現在在花蓮當傳道人，與同是傳道人的先生生了兩個好好看的孩子。

小亮先是在高雄某醫院擔任心臟內科主治醫師，每次大家好不容易相聚都是在喇滴賽沒講什麼正經的，同為醫生的其他舍友則說他心導管超級厲害，一個一個完美手術紮紮實實做出那家醫院的心內名氣，很快當上心臟內科主任。

幾年前他終於決定搬回台北，迎娶相戀十二年的護理師女友。那天婚宴我們都去了，小亮太晚婚以至於大多數人早已脫單，一堆攜家帶眷的。實在人緣太好，幾乎各大醫院各個專科都有代表參加，舍友們見這陣仗笑說：「此時此刻全台灣最安全的就是這裡了。」

請客的桌數驚人，小亮卻豪氣地上最好的菜最貴的酒，不像很久很久以前我們年少時代最頂級享受就是街角彰化肉丸加路口紅豆餅。

每桌都鬧新人，我們也想鬧，卻沒人敢開口說出那句憋在所有人心裡的話：「小亮，小美找你！」

●

這次因為心律不整的老毛病去找他看診，跟他說以前醫生診斷我有二尖瓣膜脫垂，他馬上說：「瓣膜脫垂是假議題，瓣膜閉鎖不全才是問題，但閉鎖不全需要開刀的人還是少之又少。子宮脫垂才需要處理，瓣膜脫垂不用。」

還聊到現在來看心臟科的有一半左右根本不是心臟問題而是心理問題：「每天都在安慰病人不要焦慮不要緊張。心律不整也是，許多原因會造成心律不整，壓力是其中之一，最近有什麼事讓妳特別擔心嗎？」

真的很不好意思跟他說，我常夢到念國三的小孩夜自習便當沒送來，打去店裡也沒人接這樣。

「你居然會安慰病人，難怪一進來就覺得小亮變好溫柔，以前都以為你是亞斯耶。」我說。

江醫師突然嚴肅地把眼光從電腦轉到我這邊，幾秒鐘後開心笑出來：「我是啊，我就是，然後是控制得很好的那種。」

突然間，似乎一切都有了答案。

難怪他像怪物般絕頂聰明厲害，難怪他怯於表達情感……然而我終於也懂了他得多麼努力才能融入這個世界，努力與我們同喜同悲，努力當個最優秀的醫生，救命解憂。

走出診間，付費拿藥。天空陰陰的，幸好只有毛毛雨，在拉起外套的帽子時才發現我一直在哼著那首歌：

對妳付出了那麼多，妳卻沒有感動過。

小亮，我相信她一定有感動過喔，我們全都是。

破案

最近（其實已經很久，讀書越來越慢）看大陸作家池莉《大樹小蟲》時，某個不是主線的細節吸引了注意，讓我迫不及待從浴缸裡爬出來：

「等得連老講解員吳阿姨都去世了。還是血吸蟲病，年輕時患病，忽略了根治，損壞了肝臟，肝硬化腹水到了晚期，就不治了。」

不知道為什麼，這讓我馬上想起我爸爸來。

老王到最後，就是肝硬化，反覆腹水。去朋友介紹的台大消化內科看第一次，醫生就說，妳父親時間不多了，看有什麼遺願，還是什麼喜歡吃的，都盡量滿足他吧。

我真的是瞬間眼淚鼻涕齊下，哽咽到覺得自己簡直在演八點檔。

台大很認真，詳細做了各種檢查，發現他完全不曾得過B肝或C肝，而且我爸也沒有過勞或酗酒的問題，甚至完全不外食，常年維持運動習慣。

醫生最後說：很多人都查不出來為什麼會肝硬化的。

從浴缸爬出來頭髮都還是濕的，就開電腦查血吸蟲病。那是一種以釘螺為唯一中間宿主的寄生蟲，會造成嚴重感染的只有日本血吸蟲，為此日本在二〇〇〇年全面滅絕了片山釘螺。

重要的來了，維基百科上寫，一九五〇年代大陸長江流域地區曾發生過一次大規模血吸蟲傳染病，流行區為江蘇、浙江、湖南、湖北、江西、安徽、四川、雲南、廣東、廣西、福建、上海。

趕緊找出一九四九年我爸爸他們這批山東流亡學生逃難路線，赫然就是從江蘇經浙江、安徽、江西、湖南到廣東。

只能說，全中。

我爸說過，逃難途中一度差點死掉，那時肚子大大的，沒力氣，幸好後來被選為伙食委員，每次開會都能有一頓飽飯吃，營養補足了，才漸漸好起來。而血吸蟲病的初期症狀就有前面講的這兩項。

如果老王真的得過血吸蟲病，為什麼在那麼多年之後才致命？

池莉在當作家之前曾是武漢醫院主攻流行病學的醫生，所以她的田野調查應有可信度。《大樹小蟲》裡的吳阿姨，一九五〇年代約十八歲，差不多大我爸爸一兩歲，後來在上海青浦任屯血防陳列館（中國唯一血吸蟲病防治陳列館）當解說員。小說設定的二〇一五年她肝硬化過世時則應該是八十三歲，所以感染多年後才致死是有可能的。

感染了血吸蟲，會立刻破壞肝功能，就算之後肚子裡已無寄生蟲，肝的狀況卻已無法逆轉。或許我爸在很年輕時因此肝就纖維化了，所以我媽以前都說他脾氣不好，會不會是身體疲累又必須硬撐住一整個家，才讓老王總是板著臉呢？

還記得我爸超級喜愛各種螺類，其中一種長長的錐螺以前動不動就出現在家裡的餐桌上。買回來先用老虎鉗把錐頂剪掉，然後丟進蒜頭、辣椒大火爆炒，吃的時候用力一吸就可以吃到口感很脆的鹹香螺肉。

錐螺長得跟釘螺很像，說不定是流亡學生逃難期間不小心誤吃。

我爸一輩子謹小慎微，就怕禍從口出，誰知道卻還是讓病從口入了呢。

關於血吸蟲我竟找到一個有趣的東西，美國外交官柯曼一九五九年四月在《哈潑雜誌》上寫了篇文章名為「解救福爾摩沙的血吸蟲」，提到一九四九年五月毛澤東決定攻打台灣，為了訓練搶灘，讓解放軍在長江練習游泳，結果十幾天後士兵陸續出現怪病，經檢驗，約有四萬精兵遭到日本血吸蟲感染，以至於拖延攻台時間，直到韓戰爆發。

沒想到我的人生有可能跟一隻小小的釘螺有如此密切的關係。

喏，爸～我調查出來了，你看啦！

此時老王可能正從天堂往下望，一面呵呵地笑：

哎呀原來是這個啊，這個好吃得很吶。

抱歉我錯過了你

看了葛莉塔潔薇導的新版《小婦人》《她們》，好多都完全跟小時候讀小說時腦中想像的畫面一樣，例如貝絲的臉，艾美的長相也很能說服我，還有梅格參加奢華舞會換上別人衣服那邊，另外羅禮對喬的告白真是所有翻拍小婦人電影中我覺得最好看的。

跟喬一樣愛寫作的我，怎麼就沒有被個帥氣多金的鄰居男孩喜歡上呢？

答案其實很簡單，只是很難面對，開門見山山高水長地說，就是有文筆沒美貌是要怎樣被富二代看上啦，並且我們那邊根本沒有富二代。（菸）

只是在我一面看電影一面花癡兮兮一一過濾我們家那些（到底關他們什麼事的）鄰居時，有個身影突然浮上腦海。（你存在，我嬸嬸的腦海裡）（網友真的很

愛惡搞別人的歌）（害我也不知不覺被洗腦）

高而瘦的男生，過瘦了，衣衫襤褸，在清晨的微光中穿著破爛的拖鞋倉皇而走。

我望著自己（而不是嬸嬸）的腦海，嗯……快要想起來了……這個人應該是住在我們家隔壁，喔不對，是隔壁再隔壁，當時那是一家機車店。

機車店老闆面目模糊，應該不過三十多歲，雖然那時已經覺得他很老，因為修機車的關係總是全身髒兮兮，他太太也面目模糊，一頭雜亂長髮隨便紮著，蓬頭垢面，常很凶暴在罵人，主要罵的對象……就是那個過瘦的男孩。

起初以為他是他們的小孩，但我媽說不是，男孩是機車店學徒。那個時代許多行業還有師仔帶學徒，機車店學徒、水電行學徒、中藥鋪學徒……

機車店學徒應該只大我幾歲，頂多十五或十六，他是十二歲的我有生以來見過衣服最破的人。長年穿著可能是老闆汰換下來的褲子，舊不說，還太大，要用一條同樣破爛的皮帶緊緊綁在他太窄的腰上，上衣也是，不管冷熱每天同一件長袖，破布掛在鐵絲衣架上似的。

像田中間的稻草人。

其實如果我沒記錯的話，稻草人臉滿帥的，因為沒錢剪髮留得很長，前面遮住了大半張臉，有時他抬起頭把頭髮撥到上面，會露出有種神祕感（和恨意）的深邃眼睛。要說的話，跟《小婦人》電影裡羅禮飾演者甜茶還有幾分氣質類似。

他永遠膝蓋分得很開衣袖跟褲管捲高高地蹲在機車店前面工作，換輪胎，試引擎，拆拆裝裝，整理工具，不然就是在水槽那邊洗老闆全家的衣服、小孩的尿布什麼的，一句話也不說，只是不停被老闆跟老闆娘飆髒話，有時甚至是拳打腳踢，他就抱著頭蜷曲身體任他們出氣。

自以為看到他那藏在頭髮後狼性眼神的我，進進出出忍不住會瞄向店裡，想像下一秒他終於會跳起來反抗大罵或是痛揍誰，但從來沒有發生。

唯一可以看出他情緒，就是猛踩發動器的時候，他會緊抓把手用腳喀嚓喀嚓一次又一次踩發，一旦發動右手立即狂催油門，讓車子長長發出怒吼，好像那是他無法喊出口的委屈、疲倦或是無望。

每次聽到這聲音我會從書桌前起身，走到窗邊，往下看著他感覺孤單的背影。

那時應該是小說看太多看到腦子壞掉，從某一天開始，我懷疑稻草人是不是喜歡我啊。

面對面遇到，他那無止盡望著虛空的眼神會突然聚焦，忽閃忽閃似笑非笑，但每一次害羞躲開後一定會再度回到我的臉上。有祈求，有羨慕，有期盼……以上這些描述都是我個人想像出來的。

裝載了好多好多的眼神讓我有點害怕。要知道那是江子翠分屍案、每週日下午大家都守著電視看《天眼》的年代，所有少女都學會了，模樣可疑的男性就該躲避。

他有空就在我們家門口跟我弟玩，一見我就抓著他喊，你姊姊回來了，難得笑著的他看起來總算有小孩的樣子，但我故意漠視甩頭往裡面走。後來甚至跑進我們家，在廚房餐桌邊聊天，真是太可怕了，我裝了飯菜跑上樓吃。

如果我弟不在，他會像一道陰影突然遮住光地出現。我媽在大廳幫我剪頭髮，他立在門邊；同學來找我在門前講話，他晃過來拿水去潑掉又晃過去噗嗤噗嗤一下一下按電動打氣機。明明走遠了又微微回頭，髮間餘光看向我們。

我連一次都沒理過他。

到底是為什麼呢？因為害怕他是壞人，還是害怕他發現我沒有他以為的那麼幸福美好。更或許，即使在那麼小的年紀，就已經隱約感受到見死不救的無能為力與自我厭惡。

某一個高雄少見的寒冷陰雨天，我媽跟鄰居低語著，那個囝啊跑掉了啊，誰受得了，從早做到晚，又打又罵，還吃不飽，機車店夫妻太那個了。聽說什麼都沒拿走，早起運動的唐太太看到他用手抱兩件衣服，穿著平常在穿的拖鞋，就那樣一直跑一直跑，都沒有回頭……

我從他們身邊走過，一臉冷淡。太好了，我可以不用再面對了，太好了，他自由了，太好了……

不知為什麼那天晚上完全沒有胃口，但不想讓任何人感覺到異樣，硬是大口扒飯，用湯衝下食道。

之後人生很長一段時間，我經過所有機車店下意識都會往裡面看一眼，會不會在那陰暗的角落裡，正好蹲著一個臉色陰暗的少年。

有時候我會默默計算著，男生應該當兵了吧，應該因此身體變強壯一點，三十歲，結婚生子了嗎，四十了吧、五十了吧，說不定變成胖嘟嘟的歐里桑……

更多時候我與上天進行有一句沒一句的對話，拜託，他不會那天就死在半路，拜託他可以好好長大沒有學壞，不是都說天生天養嗎，祢創造了他，一定也給了他足夠用的福分對吧。

還有一堆如果。

如果那時我跟他笑一笑，如果看著他的眼睛說說話，如果請他吃一顆（也可以兩顆）我最喜歡的辣橄欖，如果可以幫他把頭髮修一修……

真的很對不起我錯過了你，錯過了讓你感受溫暖的機會，也錯過讓自己不那麼討厭自己的機會。

如果你現在突然出現，變成一個胖胖大肚子中年男，笑嘻嘻說喂，誰喜歡妳啊連妳是誰我都不記得了，這樣我真的會很高興，感覺歲月靜好，好心安啊，然後呢，然後從此，不再懷一隻雞。（不要再惡搞人家的歌了）（不再懷疑自己）（憑良心說很好笑）

那個男孩終於長大了

爸爸走後媽媽決定留在台北，我們考慮老家房子長久空置不是辦法，所以找時間跑回高雄想請仲介過來評估，看是要賣還是要租。

但哪裡有仲介呢？

我站在家門前四望正下著大雨的莒光街景，高雄好少有這樣沉重的濕氣和微微的淒涼，馬路邊的騎樓間冒出陣陣中元普渡的燒紙白煙，我立著竟有點出神，不知過了多久才突然發現，眼前樓房外牆不正掛著一幅因為太大而一直被我的意識過濾掉的仲介廣告嗎？

我撥通上面寫的仲介王小姐電話，她那邊也是唰啦唰啦的雨聲，但講話是笑笑陽光的：「不好意思耶，現在人在外區，可以請我同事一位林先生過去嗎？」我說當然可以啊。

我們正整理爸爸書桌兩個抽屜裡的東西，老爸的生活簡單至極，除了一屋子的書，留下來的不過幾副拿膠帶纏了又纏的老花眼鏡，用了至少五十年很順手的削鉛筆小刀和已沒人在製造的木柄螺絲起子，幾條捆好的繩子（早年逃難經驗留下的潛意識吧老是怕沒繩子可以綁行李），和老家通過的幾封信，剛來台灣和爺爺、三爺爺、姑奶奶終於團聚時，特別去照相館拍的邊緣刻花黑白照片。

年輕時的老爸十分英俊，我妹說很像趙又廷，英氣的單眼皮大眼，高挺的鼻子，有點倔強的嘴角。十幾二十歲的他還能好強，等到我們認識他，那種傲氣早已被歲月和生活磨得不見絲毫。

就在那時，林先生打電話過來：「不好意思，剛剛去塔位拜拜，現在才回店裡，我現在過去好嗎？」

雨停一陣子後，林先生出現了。

又高又帥又會穿衣服真的讓人眼睛一亮的男生，我看著他進屋，心裡還想，啊怎麼來了個明星似的人物，這種模樣真的會懂房地產嗎？

他拿出事先查好列印出來的附近成交行情，帶我們稍微看一下我們鄰居有幾間他們成交過房子的狀況跟賣價。聽他講話看他做事才慢慢有了信心，而且發現並不是長得好看的人做事就不牢靠啊（在此對天下帥哥美女致歉喔～），這男生給人的感覺真的很好，穩重踏實，完全不油條不浮誇。

於是順口就問：「你的長相不像我們這附近的人耶。」

他笑起來：「我是啊，我以前就住在××。」他用台語說了個地名。

「啊？哪裡？」我沒聽清楚。

他用國語再說一次：「藍田，就是現在高雄大學那邊，以前都是田。」

啊，藍田耶。

我國中時喜歡的那個田徑隊男生就住在藍田啊，還記得我們一起騎腳踏車穿過長長的田埂時周圍的景色，水稻隨風搖曳，灌溉的水聲，飛舞的各種昆蟲，看起來很清涼的竹林蔭影。

「很久以前我有個國中同學也住那邊，啊，好巧，他也姓林。」

「叫什麼名字啊？我說不定認識，我們那邊真的很多姓林的。」

「哈哈差太多歲了，你應該不認識，叫林××，但……」我沒打算繼續多說。

「啊。」帥氣仲介突然不講話，很認真看我一眼：「認識啊，他是我堂哥，可是他國中的時候游泳出意外現在已經不在了。」

這就是為什麼我一直覺得仲介先生很面熟有種說不出來親切感的原因嗎？

我驚訝到呆立原地，只聞到雨水蒸發和燒紙錢的淡淡煙氣。

「原來，原來，」我看著他，眼眶有點熱熱的：「原來如果他順利長大，會是長成這個樣子啊。你多高？」

「一八二。」他笑得有點靦腆。大概很少人一見面就問他身高。

「嗯，他國二時就一七幾了我記得，你們家都長得好高啊。」

「對呀。真的很巧，我剛剛就是去祭拜我們林家的人，我爸媽跟伯父伯母也都不在了，他們跟我堂哥現在都放在那邊塔位裡。」

記得那場意外就是發生在中元節過後不久，國二升國三的輔導課快要結束的周末，他說：「星期天要不要去溜冰？」

「應該不行，快開學了，我媽不會讓我出去。」

「喔，好吧，那我跟某某他們出去好了。」

第二天星期一，才穿過剛下過雨濕滑的走廊（啊想起來了那天也下雨），就在教室門口，一個男生衝過來一臉嚴肅攔住我：「王蘭芬，妳知道了嗎？」

「什麼？」我笑出來，因為他平常很搞笑，這表情太少見了。

「林××出事了。」

「什麼意思？」我問。打架被抓了嗎？還是又闖了什麼禍？

「他昨天跟某某班的某某跟某某去援中港游泳，某某溺水，他去救，結果被拉下去。」

「你少騙了。」我有點失神，笑了，然後一直分心去看被雨水打進走廊的落葉。

「林××有被找到，某某還沒有。」

「什麼意思？」

我沒聽他說完，一面把傘收好一面走進教室，傘尖的水一路滴到我的座位旁。

原來他長大之後會長這樣啊，終於看到了，三十幾年來每次想起時總是他小時候的樣子，淺色的頭髮，曬黑的臉跟手腳，笑起來的虎牙跟裡面藏著陽光的眼。

十四歲時的我很害羞，根本不曾好好仔細看過他的臉。

原來他是長這樣啊。

我仰頭看著長大後的男孩。真是太好了，一點都沒有讓我失望喔，他如果好好長大就是可以長成這種好看得不得了的樣子。

我想起來電影《一代宗師》裡宮老先生對葉問說的，「憑一口氣，點一盞燈，要知道，念念不忘必有回響，有燈就有人。」

宮二小姐則對葉問說：「想想，說人生無悔，都是賭氣的話，人生若無悔，那該多無趣啊。」

於是我鬆了一口氣。

雖然曾經有過這麼多後悔，但幸好那些念念不忘的人，總會在我生命不經意之處，輕輕給我一個有趣的回響。

我們班的白馬王子

小學五、六年級時，我們班的白馬王子叫阿興。

阿興個子很高，急著要抽長的身體看得出肌肉下骨頭的形狀明顯，頭髮跟眼睛好像曬太多太陽那樣，顏色淺淺的，高高的鼻梁上散布著小雀斑，臉頰兩側各有一個長長的酒窩。笑起來露出可愛的虎牙，讓看的人眼花撩亂。

他很會打躲避球跟籃球，一下課跟矮很多的死黨阿正阿偉互相推擠著衝去球場。要砸人時眼睛都不看目標，頭低低的，前髮垂在額上，甩手出去頭髮也跟著往後飛揚。球急速旋轉劃破空氣咻咻有聲，被打中的那人悶哼一聲，紮紮實實肉痛。

不只男生愛跟他玩，女生也喜歡他。他不太懂得怎麼跟女生聊天，遇上非說話不可的情況就欸欸欸啊啊啊的比手畫腳，最後送上一個燦爛的傻笑。

我記得他打躲避球不砸女生，場上死到只剩女生時會猶豫，改成兩手拿球高過頭輕一點扔。

阿興國中畢業去念中正預校。我想不出有誰比他穿上那身淺藍襯衫、瓦藍長褲的制服能更筆挺更帥。從此聽到中正預校就會想瞇起眼睛，像夏天的陽光照在臉上。

一直到三十年後第一次開國小同學會，我才聽說阿興的事。念海軍官校時，阿興有一次放假外出，出了車禍。那麼高大帥氣強壯的男生，瞬間就走了。

太驚訝了，我說怎麼會這樣？怎麼可能？班上有誰跟他家比較熟的嗎？詳細的情況到底是怎樣呢？

在場的同學面面相覷，喃喃說好像畢業後都沒聯絡，這些情況都是輾轉聽人家講的。

這時一向安靜的小明突然說話了，她有點遲疑地半舉起手：

「欸……我……我以前好像算是有跟他聯絡。但是我不知道他死了……他真的死了嗎？」

「啊?!」全部人同時不可思議地看向她。

小明當時是轉學生，年紀也是班上最小的。皮膚雪白身材有點肉乎乎的，很害羞，被老師叫到時常答不出來，時空凝結似地呆立在那。身體不太好有氣喘，不時會請假沒來學校。

我最記得她制服的襯衫裙子每天都燙得不可思議的平整，裙褶一片一片像刀切過，只有被老師叫起來站在那裡時，會被看到有一兩片坐亂摺到的痕跡。座位在最後一排的我，不知道為什麼對那些摺痕印象非常深刻。

「你們為什麼有聯絡？」我們這些老同學太好奇了。

風雲人物的阿興跟膽小愛哭的小明，怎麼可能會有交集？

「我也不知道啊。」小明喊冤：「在學校有沒有跟他說過話都不記得，連長什麼樣子也忘了。」

小明國小畢業後全家搬到彰化，高中時念了女校。有天放學回家媽媽面色凝重地問她：「妳是不是偷交男朋友了？」

總是乖巧的小明驚跳起來，睜圓了眼呆愣半天，緩緩才回答：「沒有啊。」

媽媽說那天學校突然來一個男生，指名要找她。學校教官出面接待，請問這個大男生獨自跑到女校找女學生是什麼意思。男生笑得很燦爛：我是她國小同學，想來看看她。

教官當然不讓見，男生留下一袋東西，笑笑地告辭了。

媽媽把那袋教官轉交的東西拿出來，小明剛看到裡面一封信上阿興的署名時還反應不過來這是誰，好不容易想到，才又嚇第二跳。她不明白這個小學同學為什麼突然想起找她。

之後斷斷續續通信，她大概知道他中正預校畢業後接著念了海官，但相隔高雄中壢兩地，兩人的學校生活都忙，因此一直沒有見面。

「突然那次阿興出現在我大學宿舍樓下。」小明回想：「他說他是從高雄騎摩托車過來的。」

「去找妳幹嘛？」

小明聳聳肩：「我也搞不清楚，好像是特地拿一個東西來給我。」

「什麼東西？」

「是一個獎章吧，他說參加很大的比賽，得到的對他來說很重要的獎。我很想問為什麼要送我，我又用不到，可是不敢問。」

「然後呢？」

「沒什麼然後啊，他就回去了。」

「再騎摩托車回高雄？」

「應該是吧。」小明摸摸臉，她說真的很多小時候的事都記不清了。

小明大學時念很好的學校，進職場後一直很拚命，現在跟先生一起開了公司，事業相當成功，那個老呈現迷迷糊糊狀態的小明現在居然變成了女企業家。

我們都順利長大，接著長老。從同一間教室出來，各自走向不同的人生。

而阿興，則永遠停留在二十歲。

等等，我想起來了。

我想起一些什麼來了。

阿興那天體育課不願意砸的是誰呢？煞住要丟球的手的那一刻，球場內抱著頭發抖的是，是小明啊。

阿興不知所措地收回跨開的腳兩手抓住球，傻笑。隊友開始喊他：「快打啊，給他們剃光頭啦！阿興你發什麼呆呀？」

阿興兩手高高舉起，從頭頂把球丟出去，球輕輕落在小明的腳邊，撞出一小團土霧。小明像受驚的兔子般彈跳起來，開始繞著四邊形的內場亂跑，外場的男生狂叫：「打她打她！快下課了！」

阿興抱住球面色嚴肅，但迅速轉變成調皮的神情，用他正變音的破嗓大喊：

「這個太弱了啦，反正你們一定贏的，來打我看看呀！」

說完走進場內輕輕推了小明一把，要她出去。把球丟給線那邊的同學，雙手一拍上身微傾：「來！」

前隊友們從驚訝中迅速醒來，興奮得要命，瘋狂進擊，阿興笑笑接住好多個球，這樣不在乎的舉動更激起他們密集有力的連番攻勢。

終於阿興被打中了。躲避不及在轉身時被打中肩膀，砰一聲球彈飛得又高又遠。

阿興誇張地撲倒在地，掀起及膝高的浮塵，在歡呼聲中老師吹哨子宣布下課，男生們衝去拿籃子裡剩下的球一顆一顆全往阿興的方向砸，他在陣陣被揚起的灰塵中，笑著哎喲哎喲。

「所以阿興喜歡的是妳！」我們說。

「我不知道啊。他從來沒說過。真的從來沒說過。我一直都胖胖的，從來沒想過他會喜歡我。」小明出現小時候常有的茫然表情：「他真的走了嗎？我還在想為什麼那次他拿獎章來之後，就再也沒聯絡了……」

原來我們班的白馬王子曾經那麼安靜地守護著他的白雪公主，只是白雪公主不知道而已。

他曾經愛過啊。

這樣想時，我的心不知為什麼，總算好過多了。

前男友隔壁寢室的學弟

接到郭老二電話那天是清明節。跟著婆家在竹南的祠堂燒過香跟紙錢後，車子開上高速公路準備回家，身體放鬆感受沒有塞車的高速公路的平穩起伏之間，音響播放著胡夏唱的〈那些年〉，我跟小孩在照進車裡春天暖暖的陽光中漸漸瞌睡。

突然響起的鈴聲嚇我一跳，怕吵醒小孩手忙腳亂翻包包找出手機，還沒靠上耳朵郭老二在電話那頭已經喊起來，他叫著：「蘭芬吶！蘭芬吶！」

郭老二是韓國僑生，韓劇還不知道在哪兒、全亞洲著迷的還是《東京愛情故事》、《長假》跟《戀愛世代》這些日劇的二十幾年前，我們還沒學會原來韓國人有某種情緒想表達時會在所叫喚的人名後長長拉個「吶」的尾音，那時覺得他這語調怎麼像個老太太似的，但聽久了也產生了親切感，現在看韓劇常因此想起郭老二。

開車的老公把音樂調小聲了，我清楚地聽到他喊：「馬的林老二！馬的吳老二！搞什麼都不講的喔！」沒來得及開口問，他接著說：「阿穆死掉了啦！都沒人跟我說一下，連送都沒機會送他一下，去年的事，就沒有人想到要跟我說一下喔！齁，齁，哎我心裡難受啊！」

阿穆死了？我回問郭老二，然後我聽見自己又問了一次，阿穆死了？

車窗外飛掠眼前的是一排排葉片在風中閃著金光的台灣欒樹，後方山坡地偶爾有裊裊白煙，掃墓的人戴著斗笠除草燒紙，剛被整理好的墓座露出五顏六色的瓷磚。

跟阿穆二十幾年不見，這麼長時間來我們早已不出現在彼此日常生活中了，但或許就是因為我們最後一次見面時阿穆還像是春天樹木新發嫩芽那樣年輕的一個大學男生，戴著很顯老實的粗黑框眼鏡，一頭亂髮，最常穿的格子襯衫不扣扣子下擺隨風翻飛，趿著藍白拖鞋劈哩啪啦地走在宿舍陰暗的走廊間，或許就是因為阿穆對於我來說一直一直是那個樣子的阿穆，所以怎麼可以這樣一句話就宣布他已經不存在在這個世界了呢？

胡夏的歌聲小小遠遠的，「那些年錯過的大雨，那些年錯過的愛情，好想告訴你告訴你我沒有忘記……」

沒記錯的話，阿穆大學時從來沒交過女朋友，也沒有像其他大學男生那樣至少熱烈地討論某些或某個女生，他用一種淡漠的口氣說：「我這種身體，不要害別人。」那麼聰明讀很多書，事情都能想得很透徹，做事都挺有把握的阿穆，只有在我因跟前男友感情不順找他訴苦時，會相當稀罕地出現一種膽怯的神情，那樣的神情好像在說——只有這件事我實在不懂。

宇宙間真的有蟲洞嗎？前陣子一有時間就看的韓劇《來自星星的你》，外星人都敏俊為了不離開千頌伊，被吸入蟲洞之間恢復體力，再一次次超越時空回到地球上來。閉上眼在腦中穿過了黑黑的想像中蟲洞般的通路，好像就可以看見亮到發白的水泥地。

一九九〇年台大男一舍前有一大片不太平整顯然施工得很隨性的水泥地，圍繞著那的是薄薄一層當時很流行的韓國草，和新種的仍需用支架撐住的細瘦樹木，即使是這樣無助的模樣，到了夏天卻也開出鮮黃成串的燦爛花朵，讓人驚喜地發現，啊，原來是阿勃勒。

第一次見到阿穆就是在阿勃勒上還有殘蟬歡唱的夏天末尾，前男友介紹這是隔壁寢室新搬來的學弟，郭老二前夜的宿醉未全醒，從上鋪爬下來用力巴了阿穆的肩膀讓他身體歪了一大下，「叫他吳老二就好了啦！」

郭老二長得高大挺拔相當英俊，但口才是少見的差，詞窮處他一律回：「你老二啦！」非常自然的就獲得了郭老二這個榮譽稱號，他又樂於分享，身邊的人一一都成了林老二、吳老二、陳老二，後來因為前男友另有要好同學也姓吳，阿穆得以脫離老二隊伍，正名為阿穆。

阿穆長得挺好，濃眉大眼，是個高雄出生成長的男子漢的樣子，雖然髮型穿著完全不講究有時也相當調皮搗蛋，但比起一般大學男生算是乾乾淨淨，講話也意外的斯文有禮貌，聲音溫柔。功課很好，人緣很好，只是每次約爬山夜遊的他一律不去，明明眼睛閃著我想去我想去那樣的光亮，掙扎半天最終答案總是：「算了，我身體不行。」

十幾二十歲時的我們哪裡懂得什麼叫身體不好呢？我整個大學生涯連一次感冒也沒有過，深夜兩點吃八樣看起來超不衛生的夜市小吃也不會拉肚子，熬三天三夜玩任天堂馬利歐照樣可以考期中考。這樣年少氣盛的我們看著膚色黝黑身體結實的阿穆，聽他說我這學期差點不能來上學了暑假有一次我爸背著我衝去急診這樣的話時，真的連一絲絲真實感都沒辦法有，一句安慰的話也想不出來，每次只能說

「嗯」，然後就無話了。

現在光是一想到，當時的阿穆看著我們恣意享受青春隨意揮霍青春，心情該是怎樣呢，就難過得不得了啊。

一個太陽溫暖的冬天午後，我去了宿舍找前男友他不在，走出走廊在樓梯口看見阿穆。阿穆穿著格子長袖襯衫蹲在地上跟一隻小狗玩，遠遠就聽到他笑著還說著話，走近才發現，那是一隻白色短毛年紀還很小的幼犬，很活潑，阿穆一碰到牠，牠短短的尖尾巴就拚了命快速地搖來搖去，毛絨絨的頭一直去頂阿穆的手，奇特的是小狗沒有後腿，行動倚靠一副用皮帶固定在身上的特製木板小輪椅，輪子滑動順暢，小狗甚至可以追著阿穆跑。

哇好可愛喔，牠腳怎麼了？阿穆說：「可能出生就沒有的，有人撿到送來獸醫院，我想了好幾天幫牠設計這個輪椅，沒想到裝上去還滿剛好的。」小狗發出稚氣的吠聲玩得很高興，我也跟著蹲在陽光裡傻笑看著牠一下子轉圈圈一下子轉過身去咬還不太習慣的輪椅一下子在地上磨耳朵的。直到我牽著腳踏車離開時，還可以聽到阿穆喊過來過來，來這邊的聲音。

又過了一陣子沒見阿穆遛那隻小狗了，我說狗狗呢？阿穆說有人可以收留就送過去了，運氣不錯有人要收養。我說你捨不得吧。他勉強笑一下說當然啦養那麼多天了，不過反正宿舍不能一直養下去，這個結果最好了。

那時候我住的宿舍有個女生很賢慧，教我用大同電鍋蒸出很美味的香蕉蛋糕。學會那天很興奮，課都不去上了，趕著做出一個，蒸好要倒扣了才發現忘記事先在鍋底抹油，怎麼也沒辦法把蛋糕從鍋子裡敲出來。無計可施下直接把蛋糕連同鍋子放進大塑膠袋裡，就那樣騎著腳踏車一路飛馳至前男友宿舍，希望他能在第一時間吃到熱呼呼的新鮮蛋糕。

然而那人卻顯得興趣缺缺。對於人生第一次做出個蛋糕成品滿心期待的我來說，說是失望到快要哭出來都不為過吧。前男友說，我去叫人來吃，沒多久門打開阿穆帶著室友探頭進來，說哇好好喔是香蕉蛋糕耶！

趕緊偷偷擦掉眼角偷偷流出的一點點不爭氣的眼淚，說忘記抹油了，扣不出來沒辦法切得漂亮，兩個男生說沒關係沒關係有蛋糕就很好了，然後豪邁地徒手伸進鍋子裡直接拔出一大塊邊咬邊道謝地走出去。過了幾分鐘阿穆又探頭進來說，好好吃喔，可以再吃一點嗎？前男友說，整鍋送你。

過了幾天阿穆還給我一個洗得乾乾淨淨擦得亮晶晶的鍋子。

跟前男友分開後就再沒見過阿穆了，只零星通過幾次電話，ＭＳＮ還盛行的那幾年偶爾可以遇見他在線上。阿穆研究所畢業後回到高雄當公務員，是真心想做事的那種公務員，之後跟一個因遛狗而常碰面的女生戀愛結婚了，他跟我說「我老婆真的很有膽敢嫁給我」。過了幾年他們有了小朋友，阿穆從那之後ＭＳＮ的暱稱就一直固定為「孩子是上天送給我們的小天使」。

雖然從來不認識阿穆老婆，知道消息後我想來想去還是打了電話給她，阿穆老婆的聲音聽起來有種堅毅勇敢的氣質，光是因為聽出了這個感覺心裡不知為何就安定不少。她說：「阿穆到最後癌細胞擴散已經都不說話了，他太痛了，可是我明白他很放心，他知道我一定可以把孩子好好養大，可以好好照顧自己。」

當年讓阿穆沒有辦法那樣享受青春的病，經過一個很侵入性的治療後沒再復發，然而所使用的藥劑卻是可能致癌的。阿穆的老婆說，或許沒有那次的治療他也沒有後面的這十幾年的時間。這十幾年的時間讓他們相遇，生養可愛的孩子，珍惜著所有能夠相守的時間，感情非常好，一家人過得幸福。她說她很滿足了，阿穆一定也很滿足。

我在網上蒐尋阿穆，讀到一篇他國小同學寫的紀念文章，才第一次驚訝地發現阿穆曾經是一個多麼優秀的學生，很會念書功課很好外，還非常會拉小提琴，有一年演奏了莫札特小提琴協奏曲第四號得到冠軍，甚至贏過了後來成為音樂家的同學。阿穆四十幾年短短的人生，何嘗不也像是個來到人世的天使呢？讓他的父母為他感到榮耀，給了妻子孩子完整的愛，拯救小動物，為民眾做事，甚至曾經願意大吃醜醜蛋糕修補了我那有點碎掉的心。

不再去那個宿舍過後很久才聽說，他知道我們分手，跑去找我前男友跟他說：

「不要分手啦，她做的香蕉蛋糕很好吃內。」

阿穆，謝啦，保重，有緣再見。

我跟妳老公睡過

甜甜堂堂幼稚園時，我讓他們去金山南路的「蘇荷」上畫畫課。那個教室（現在已經搬去和平東路了）很大，小孩在裡面上課，家長就在外面的大桌子上或看手機或吃東西等待。

有天注意到一個媽媽帶著兩個比甜甜堂堂小一點的孩子來，那個媽媽非常高，腿大約長到我的胸口，然後更氣人（我真的很愛嫉妒別人）的是連臉都高鼻大眼美麗得不得了。

等待的時光無聊，沒多久我們就說起話來，以我愛追根究柢（好吧是八卦）的個性，慢慢問（套）出了她老公在三總當醫生。我提到：「三總的醫生大部分是國防畢業的吧？」

「對耶，我老公是國防的。」

「是喔，國防我有認識的說，妳老公幾年次的啊？」

「啊，」她掩嘴笑起來：「我老公大我十二歲耶，妳應該不會認識。」

「十二歲?!妳是被人家拐了吧?!」

美麗的先生娘又笑了：「哪有啦，是我高攀人家啦！我老公××年次的。」

我一聽當場大震驚。

一來她老公跟我同年次，所以說不定真的認識。二來是眼前這位大美女居然整整小我一輪，窩滴老天鵝啊，這世界可以再不公平一點沒關係。

「妳老公大名？」

她告訴了我。

我又再一次震驚了，她老公我不但認識，而且還非常熟。差點就脫口而出：

「我跟妳老公睡過……」

且讓我將時間軸拉到三十年前。（大家一定都厭煩我這招了吧拍謝拍謝）

那時剛跟前男友分手，一個台大外文系的室友豪爽用力地打了我的肩膀說：

「天涯何處無芳草啊！走，我帶妳去聯誼！」

過去幾年的大學生活中，因為有男友，從來沒聯誼過，而且失戀心情低落真的很不想去。室友又用力巴了我手臂一下（現在想起來她也打得未免太痛啦）：

「女人的青春有限，不要把寶貴的時光拿來悼念過去好不好？」

於是我就去了。

那次是三男三女到拉拉山玩，大概一輩子都不會忘記當時拉拉山的空氣聞起來那種潮濕的森林和輕盈的秋天的味道，自此展開了我與國防醫學院一大群人十分有趣的情誼。

同樣的三個男生在接下來的暑假又加了幾位要去澎湖跟吉貝玩，而我是唯一的女生。之所以願意讓我跟，應該是因為他們根本沒有把我當女的。（泣）

那時的吉貝還沒有什麼遊客，要坐很小的船從澎湖過去。也沒有住宿的地方，男生背了兩頂帳篷，黃昏時架起來。天一黑完全沒有光害，躺在沙灘上看星星真是多到起雞皮疙瘩，夜晚的海是黑色的，奇妙的是吉貝的海浪很小很溫柔，輕輕拍打著白色的綿延到天邊的沙灘，那樣的畫面跟聲音美好到去之前根本無法想像。

那晚當然就得跟其中幾個男生擠同一個帳篷，請大家不用擔心（他們被我攻擊），也不用想像（大家都沒洗澡），因為沒人意識到我是異性。只是二十幾年後說起來怎麼有點尷尬，其中一位跟我同帳篷的就是那位大美女先生娘的老公……

當時他還不是名醫，誰也沒想到他後來會變成這樣一位權威。

他只是一個很愛笑，笑起來有兩個深深酒窩，跟他聊天會很愉快的醫科男。

功課相當好，而且有天分又努力，所以畢業留在三總，現在成為泌尿科權威。很特別的是，他還跑去念了東吳大學的法律研究所，總之就是一個當年完全看不出來會這麼優秀的人。（歐）

先生娘說，他老公當年是她工作的那一層（喔忘了說她是護理師）唯一未婚的黃金單身漢，人好又帥醫術超高明，許多女性芳心暗許。（欸這句是我加的）

因此剛畢業沒多久到三總的外科，突然有一天黃金單身漢開口約她，真覺得有種神蹟降臨的心情：「他根本沒看過我的臉，我都戴著口罩真不懂他為什麼會約我。」（甜蜜）

這就是我與「性福醫師」莊豐賓還有他太太認識的經過。

莊醫師真的很厲害，到這年紀身邊有些朋友的老公陸續有更年期的狀況我都幫他們請教他。每次見面他都露出深深的酒窩笑著招呼我：「妳老公如果有任何問題

都歡迎來找我喔，保證讓你們過得很幸福。」（羞）

所以各位男性冰柚啊，有什麼無法啟齒的問題，都可以悄悄去拜訪莊醫師，像是男性更年期什麼的，男性更年期不會比女性更年期好過喔，要是覺得身體怪怪的卻怎麼都檢查不出問題快要憂鬱了，真的可以試著找莊醫師聊聊。

當然還是要在此重申，我只有跟莊醫師睡過……同一頂帳篷啦！（是有多愛講）

（再度被毆）

山氣日夕佳

媽媽娘家她四叔叔的太太，我要叫四嬸婆，前幾天過世了，享壽一百歲整。

除了她老人家的至親，最最難過的就是我二嬸婆了。

二嬸婆今年一〇四歲，她與四嬸婆這對妯娌不管是脾氣還是長相可以說都是南轅北轍，但兩人感情深厚，情同姊妹，交好超過八十年。

膚白清秀個子相當迷你的四嬸婆一生身體健康，即使過了耄耋之年仍手腳靈活頭腦清楚，不需人特別照顧。暑假時同住的兒子媳婦出國去玩，回來當晚一家人還有說有笑聊著旅行的趣事，四嬸婆照平常時間上床，第二天家人發現她已長睡不起。

二嬸婆一聽說，哭了，長嘆：「以後誰陪我玩牌？」

說起來，對於小時候每年只回我媽媽位於山佳娘家一次的我來說，這兩位嬸婆讓我印象最深刻的就是打牌這件事了。

那時台灣北部鄉下很多人玩一種叫四色牌的遊戲，有時候也聽大人叫這牌「十二支」，又短又小又薄的紙牌上面寫著車馬包卒士象等棋子名。玩的時候把各色小紙牌展開如扇或卡在不同手指之間，不知為什麼也看過有人把牌沾了口水黏在臉上。

似乎大家也會用這牌來賭博，所以常有戴圓盤帽穿卡其制服的警察突然跑進來臨檢。

第一次碰到時我目瞪口呆望著警察出現在暗暗的空間門口，擋住照進來的光線，形成人型陰影，然後本來歡天喜地熱鬧滾滾蹲坐地上的大家哄地爬起來四散奔逃，鮮豔的牌紙跟銅板發出響亮的聲音散落一地。

再隔一年回去，發現他們想出妙計，乾脆約在豬圈裡打，認為警察大人不會想靠近這樣的地方。

一邊是不斷哼哼著四處用鼻子拱來拱去臭烘烘的豬隻，一邊是毫不在意氣味、滿臉專注在牌紙上的人們。我那時年紀很小，這樣的情景覺得極度有趣地一直深深記在腦海裡。

分別從不同地方嫁進洪家的二嬸婆和四嬸婆就是因著這小小的牌戲結下近一世紀的深厚友誼。在那個大部分女人沒受過教育且沒有太多娛樂的年代，有什麼比得上聚集幾個人打牌兼聊天更好打發時間的呢？

四嬸婆的先生七十歲因肺病過世，她渡過三十多年沒有伴侶的日子。而二嬸婆則守寡更久，二叔公四十歲時就遭遇礦災驟逝。

媽媽說以前山佳是有煤礦的，很多男人都是礦工，像四叔公肺不好也是早年挖煤造成。

聽到這段故事，才第一次知道山佳曾經有過煤礦。上網查了，原來礦址在山佳火車站後面的山上。

外公過去就是在山佳火車站看守平交道，他有六個兄弟兩個姊妹，結婚後自己也生了六個女兒兩個兒子。洪家這些兄弟便一起在靠近山佳火車站的這塊土地慢慢蓋起一間又一間的磚房，一起居住，一起種菜，一起煮飯，（一起玩牌）一起建立各自的家庭。

從高雄陪媽媽回娘家，要坐八個小時（更之前很窮的時候是坐慢車熬十二個小時）的火車。我們自己帶飯盒，或是接近吃飯時間在停靠的車站旁打開窗戶（以前的火車窗戶是可以打開的），跟月台上用吊繩扛著木箱叫賣便當的小販買。

便當用竹片盒裝，記憶中那飯粒又香又粒粒分明，帶著木質的香氣，裡面通常會有鹹鹹的白切肉、滷蛋和黃色的醃蘿蔔片、紅色的麵筋條。真是無法形容的美味，總覺得後來再也吃不到那麼好吃的便當了。

火車上賣的則是圓型鐵盒，分兩層，底下是白飯，上面是排骨和酸菜。吃完放在座位底下，會有一個工作人員手拿長長的勾子，快速俐落地把便當盒一個個拉出來，疊在他另一手拖著的圓型長鐵筐中。

再之後穿著制服的人會來分茶葉，放進臨窗擺放的玻璃杯裡，沒多久他再回來，手上有個超大茶壺。他用我就算不眨眼也還是看不清楚的靈活手勢，喀喇一聲把茶杯蓋夾起來，順勢倒入熱騰騰的開水，再喀喇一聲把玻璃杯蓋蓋回去。如此一排一排澆灌下去，從來沒見過失誤。

我癡癡地看著那些茶葉在陽光照進來的窗沿上的透明杯子裡，慢慢伸展開來，茶色滲入水中，漸漸變成淺棕。掀開蓋子哈著氣喝一口，覺得那是全世界最好喝的茶。到現在我每次吃完便當喝一杯熱茶的話，依然會有長途旅行的心情。

下了火車，得橫越軌道來到出口。有時候並不經過驗票門，而是與檢票員有默契地點點頭，從當地人才知道的另一頭籬笆的缺口走出火車站。

我媽說她年輕時在樹林的紡織工廠當女工，賺錢極少，每天早上一有機會整群女孩就一起逃票，檢票員在後面猛追猛喊，她們衝上已開動的火車，嘻嘻哈哈對氣喘吁吁的男士揮揮手兒。

奇怪的是，下班時再見到同一個檢票員，他還是笑咪咪的，並不追究她們早上逃掉的票。

出了小小古老的山佳站後要下一大段很陡的斜坡，接著會聽到水聲。那是一條很大的灌溉溝渠，水很清水勢不小，很多人在渠邊的大石頭上敲打跟搓洗衣服，我媽一個個打著招呼走過，告訴我這是某某的某某，或是某某的某某的某某……

如果不沿著水渠，而是走到大街上的話，將經過一整排古老得不得了的店面。

四十年前，山佳幾乎是維持著日本時代的街景。房子大多都是磚造抹上灰泥，或仍維持部分木造，搭配往左右兩邊拉滑的沉重木頭門。就算是賣東西的店，商品看起來也都不知放了多久那樣灰撲撲且沉默，我非常喜歡那些店的模樣跟氣味。經過時總是會有人笑著走出來問媽媽：「返來企頭喔？」

山佳過去的礦坑叫「蓋淡」，是在媽媽娘家隔著鐵道另一邊的山上。清同治年間開始開採，最高曾有三萬公噸的年產量，但後來越來越少，一九五九年便已封坑。現在想起來，我跟著二阿姨去那邊送報紙時，的確曾經經過陰暗潮濕已蔓生雜草像是礦坑口的地方。

二阿姨家住在外公家的對面，她生了三女二男，當時是聯合報系在山佳的總經銷。

每天他們全家都要清晨起來分報紙，然後走路或是騎車送到整個山佳地區，送完報紙小孩才各自去上學或上班。

每次暑假回去，二阿姨那邊的表姊問：「蘭芬，明天要不要起來跟我去送報紙？」

我說好！

親戚們就笑起來：「怎麼可能起來啦？要很早內！」

因此激起我的好勝心那樣，硬是清晨五點當表姊進來舅舅家（現在想起來是不是他們都沒在鎖門呢），到床邊搖搖我，問：「妳真的要去喔？」便咕嚕一下爬起，妹妹翻個身繼續睡，我已經穿上拖鞋揉著眼跟表姊走了。

在山佳經歷的清晨是我人生中最美好的幾個之一。

背著報紙經過鐵軌時，眼前整面大山立體聲那樣這裡那裡迴盪著各種鳥類的鳴叫，空氣清新到能聞出涼爽得不得了的甜味，近在身旁的山泉嘩啦啦歡唱著。山坡上漫留著霧氣，路邊花花草草的露水沾濕小腿，身上沒有被衣服遮蓋的地方毛細孔都高興地張開來接收仙境般的空氣，覺得自己怎麼那麼幸福能此時此刻活在這個美好的地方。

即使那時年紀很小，也知道這是多麼珍貴的時光，一定一定永遠不要忘記。是因為山佳好山好水，還是四色牌讓兩位嬸婆（還有我大阿姨跟二姨丈也都九十歲了）如此健康長壽呢？

如果要我說的話，可能是在這樣美麗的山腳（山佳的確原名山仔腳）下，親人都聚在一起並與自然和平共處的那種順天應人樂天知命所造成的結果吧。

跟媽媽結婚後，爸爸才知道這個地方，從此他一直非常喜歡山佳，而山佳的親人們也永遠友善熱情對待這位在台灣幾乎沒有親人的「外省仔」。

每次他在山佳痛快喝了酒，會樂呵呵地對我們全家人說：「你們知道陶淵明那首〈飲酒〉詩吧？結廬在人境，而無車馬喧，問君何能爾，心遠地自偏，采菊東籬下，悠然見南山，山氣日夕佳，飛鳥相與還，此中有真意，欲辯已忘言。山氣日夕佳，

山氣日夕佳，這說的不就是山佳嗎？」

山佳現在和高雄我的老家一樣，已經被建設成舒適的副都心般嶄新城鎮。火車站多了新樓，很難逃票了；嘩啦啦的大渠早已封上水泥板成為潛流，女人們紅著雙頰在樹下一面洗衣一面聊天的景象全不復見；不管是車站這邊還是山的那邊都蓋了氣勢磅礴的豪宅高樓，洪家一整個大家族今年遷入新樓，歡慶入厝。

四嬸婆整整活了一個世紀，經歷過兩次世界大戰，經歷了日本時代、國民政府時代，戒嚴、解嚴，再來到民進黨全面執政時代。生命的最後一段，她搬進了皇宮般華麗的新宅，那是八十多年前她嫁給那個年輕礦工時根本無從預見的奇幻如夢的景況。

我想像著四嬸婆其實沒走得很遠，就在山上高一些雲霧繚繞的某處，還跟那些同樣已離開這一世的親朋好友，無憂無慮玩著四色牌啊。

一瞬之間

十幾年前剛搬到這一帶時，皮膚科診所沒現在這麼多，大部分人都去師大路黃禎憲。那陣子可能跑步方式不對，左腳掌磨出個雞眼，踩在地上就痛，但不走路好像也不會怎樣，加上懶得去排隊等那麼久，就一直拖著，直到有一天經過某條巷子瞄到看起來像住家的一戶居然掛著皮膚科招牌。

不然就試試看吧，至少拿個藥擦擦也好，這麼一想我就穿著夾腳拖提著剛買好的便當走進去，那天沒什麼人，在燈光美氣氛佳的櫃檯旁坐了一下就被叫號了。

推開診療室的門立刻嚇呆，裡面站著一個彷彿偶像劇裡走出來的少爺。

怎麼形容呢，如果小丸子裡的花輪長到三十多歲差不多就是這個樣子吧，但這個皮膚科醫生眼睛比花輪漂亮，會說話似的，皮膚很白，說到他的髮型，究竟要去哪裡弄才能像他那樣自然地旁分在額前，讓人想出手摸摸實際上到底有多麼柔軟的程度呀。

然後完全不辜負美顏，他穿著有著超凡的品位，上身是有點寬鬆的線衫，我上次看到男的可以如此駕馭線衫的應該是言承旭，長褲是燈心絨感覺的柔軟材質，最最讓我感到神奇的，是他穿著厚襪子，然後套著一雙質感一級棒的真皮拖鞋。

啊，忍不住倒退了一步。

這種高級又隨性的空氣是怎麼回事，不小心走錯門誤進哪個富豪之家了嗎，還是說過去那些不美麗不和諧一團亂的人生只是一場夢，真正的我其實是個豔麗貴婦剛剛 shopping 完回到上流社會的家？

只有一秒鐘，就被手上那個便當的溫度叫回現實。

怎麼了呢？醫生連聲音都是少爺的，慵懶低沉。

我，我，牙都快咬碎終於還是說出口：我腳底長了個雞眼。（吞血）

嗯，他拉過一張小圓椅放在他兩膝之間：來，鞋子脫掉放上來我看看。

蛤，還要看喔？不能給我一條藥膏我自己回家擦就好嗎？我穿著拖鞋來的，在外面晃半天腳底一定很髒了，媽呀我不想讓貴公子看到這樣的腳底啊啊啊。

為了讓情況不變得更糟，我想像那不是我的腳而是林志玲的腳趕快把它搬上凳子，貴公子那長睫毛的會說話的眼睛低下來對著看了一下，輕聲說，喔，我們用液態氮點幾次就沒事了，會有點痛喔，回去記得冰敷。

他起身找出棉花棒，在一個冒煙的罐子裡沾了什麼，然後用點力壓在我的雞眼上，而且不只一次，是好幾次。我全身僵硬地期待這一切快點結束，一面在心裡默念，這不是我的雞眼這是林志玲的雞眼。

之後他淡淡地說：我開點藥讓妳回去擦，通常一次不會好，過兩週要記得再回來。接著起身，飄然而去。

走出診所時，天色已然昏暗，華燈初上，我恍恍惚惚覺得自己是黃粱一夢的盧生。

過了幾年，發現那間診所居然搬到我們家附近的大樓，規模變大一次租了好幾層做醫美，加請醫師幫忙，客人變很多，我依舊是只為了自己或小孩皮膚的問題才會過去，每次都希望不要是貴公子看診，畢竟常勞煩林志玲也是不好意思。

去年正在想好險已經很久沒遇到院長，突然聽人家說，那個診所的老闆過世了。

蛤?!你說的是那個長得很帥的那個醫生嗎？

對呀。

真的假的，趕快上網去看看診醫師的名單，果然已經沒有中年版花輪，官網上只寫著診所創辦人因人生規劃退休。

昨天經過那棟大樓時，發現診所的樓層標示牌的地方空掉，大門緊鎖，走幾步到人行道上仰頭張望，連外牆招牌也沒有了。

原來我是盧生，而貴公子醫生是淳于棼，一覺醒來那些繁華美好像故事裡寫的：得又何歡，失又何愁，恰似南柯一夢嗎。

人生相聚啊，不過一瞬。

三號許願機

又哭又笑的閃亮時刻

他們一個個眼睛發亮、態度誠懇地分享自己的故事，
或許我們都不完美，但這就是人生。

企鵝大哥

在柔滑細軟得像雪花冰的沙灘上，下午四點多，正是光線、風與溫度都剛剛好，最適合玩水的時間。

好美好舒服啊，我一面這樣想著，一面把腳趾揉進沙堆裡，望向閃閃發亮的海面，滿足地嘆氣。

突然旁邊嚓的一聲，啊，不會吧，疑懼地轉頭……果然，有人在這空氣無比美好的海邊，大刺刺點菸抽了起來。

點菸的是個男的，而且是個全身布滿刺青的男的，因此我完全不敢表示任何不滿，老老實實繼續扮演文青抱膝看海，時不時用眼角偷瞄。與他同行另兩個也是刺龍刺鳳男人，按下帶來的大型音響，在哇啦哇啦超大聲音樂陪伴下，噗嗤噗嗤打開一罐罐啤酒開懷暢飲。

哎呀真討厭，忍不住這樣想。

三個男人全身曬得精黑，一付太平洋向來歸我管的氣勢，等到他們心滿意足站起身來搖搖晃晃朝海浪走去時，我竟然開始有點期待，會不會雖然肚子很大胖胖的像企鵝，一旦跳進水中卻也會像企鵝那樣立刻成為浪裡（黑）白條，上竄下鑽靈活不已呀？

其中兩位一馬當先，撥開阻擋的人群，搶著走到正在淺灘玩水的比基尼女孩們前面，充滿男子氣慨似乎準備撲向迎面而來的大浪一展雄風。

我屏息等待。

下一秒，大哥二人組居然同時轉身，拔腿艱難往岸邊拚命邁步，一邊揮手對沒下水的第三位大哥低聲喊什麼。

「啥?!」第三位大哥沒聽清。

「#@$！」兩位大哥還是不大聲。

「聽嘸啦細嘞共三小？」

「叫你去拿那個啦～！」刺青男有點低調。

「哪個？」還是一臉茫然。

大哥終於受不了，狂吼起來：

「幹！救生圈，游泳圈啦！」

在一切都剛剛好的下午，三位刺青的企鵝大哥，抱著游泳圈，漂浮在湛藍如寶石的美麗太平洋中，心滿意足。

沒有任何比基尼辣妹多看他們一眼，抱歉了企鵝大哥，一直認真地盯著你們的，只有我啊。（手比愛心）

洗窗工人的祕密

去大樓健身房跑步，剛好遇到來洗窗戶的工人工作結束正在收東西，我問：「這個工作會不會很可怕啊？」

他們看我很愛聊天的樣子，便隨和地回答：「不會啦！只是冬天比較冷。」

「你們都沒有懼高症嗎？」

「以前我有啊，可是做這個總是要慢慢習慣。」

「最可怕是哪個部分。」

「就是一開始要下去的那瞬間，因為繩子還不夠緊，不小心會突然下去太多。」

「那有真正危險的時候嗎？」

他們想一下：「那個女兒牆有沒有，有時候會有磁磚破掉邊緣很利，風一吹繩子靠在上面移動，上來就看到那邊繩子外皮都磨破了。」

「我還是覺得很可怕，這邊才十幾樓，那一〇一要怎麼洗？」

「啊那個喔，他們一〇一自己有裝外牆的吊車，好像一共六台有軌道可以繞著洗四個面，他們只用水洗不用清潔劑，而且是天天洗，外包的洗大樓公司每天晚上排夜班。」

「哇你們好專業喔，這種工作要證照嗎？」

「要啊，要考高空作業人員檢定。」

「薪水好嗎？」

「還可以啦，可能比一般上班族好一點，」他們互看一眼，下定決心似地說：「一個月差不多六、七萬。」

「媽呀，這樣很厲害耶，跟一個資深公務員也差不多了。」

「是喔，可是他們有週休二日，還有年假，我們沒有啊。哎呀，我們就是不愛念書才來做這個，主要這個工作不是人人能做，光有懼高症的就去掉一半了。」

「其實想想，如果沒有懼高症，薪水也不錯，真的是滿好的工作耶，而且別人如果想用繩子從高樓吊下去，還要付錢內。上次去澳門玩，好多人花好幾千塊從澳門塔上跳下去。」

「我跟妳說一個祕密喔，」其中一人壓低聲音：「如果妳想吊下去，我們兩個就幫妳把裝備穿好讓妳跳，不用好幾千，只要請我們喝涼的就好。」

「你說真的嗎？」頓時心中大喜，躍躍欲試。

「當然是假的。」兩人哈哈大笑起來。

我覺得她很漂亮

上週六被另一個一起睡過的醫生（希望大家還記得這個典故）（再用下去先生娘要翻臉了）載去中壢參加讀書會，其中一位成員帶來的兒子念小學六年級，長相帥氣，大人們起鬨要他表達第一次看到作家本人的感想，小鮮肉露出完全可以得金牌的完美笑容說：「我覺得她很漂亮。」

有沒有?!這種讀書會太成功了，媽媽一定是讀了許多好書才能生出如此誠實的兒子。

一面聽熱情看著我的成員分享他們讀《沒有人認識我的同學會》心得，一面藉機打聽每個人的故事，聽得我雞皮疙瘩一陣一陣地爬上手臂。

這些人是用歲月在讀一本叫人生的書啊。

「幸福讀書會」是個小小的團體，發起人是前優秀工程師卻發現自己更喜歡與人溝通工作的卡內基講師，當初因為學員們課程結束後捨不得分開而組成，到現在已經十八年了，他們許多人從未婚參加到已婚，沒小孩參加到有小孩、有小孩參加到有孫子。

我不懂為什麼單純只是一個月聚一次讀一本書，能吸引一群人天長地久地參加。（甚至感情好到一起買同社區的房子）

他們一個個眼睛發亮、態度誠懇地告訴我（是因為上過卡內基嗎？一點都不怕分享自己的生命故事）：

——我們曾經先後背負過六千萬的債務，在最痛苦的時候加入讀書會，每個月讀書與分享真的可以紓解壓力，到現在終於一切都好多了。

——我先參加，後來才拉我先生進來。現在我們有一個高爾夫球練習場，我先生還去職訓局上景觀設計的課，想開發這方面的事業。以前沒有好好念書，所以現在都當阿公阿嬤了還在努力讀。

——我是外島的小孩，國中畢業搬到台灣後與老兵乾爸爸共同生活，一面念高職夜間部一面白天在工廠當女工，現在我是法官，我先生是律師。

——我是中醫診所的主管，但不是中醫喔，是因為以前念醫管的。我覺得妳的書太感動我，勾起許多以前的回憶，感覺每一篇都可以拍成獨立的劇。

每個人的生命都太充實太戲劇，每個人又都太坦誠太熱情，好幾次都眼角泛淚又被我硬逼回去，甚至太感動到覺得呼吸困難。

如此四個小時後，我明白了為什麼幸福讀書會可以這樣相聚十八年，因為坐在一起聊聊關於書的事時，他們說的其實是每本書觸碰到的不同心靈區塊，而將那像拼圖般一片片組合出來的，除了是更了解的自己，還有溫暖的友誼懷抱。

電影《高年級姊妹會》裡說：「或許我們都不完美，但這就是人生。」有一群人看過你最不完美的一面還願意每個月依約前來共同讀一本書，在沒有戰亂的此時此地，那就叫生死之交。

中正區伊麗莎白

那天在咖啡館，一個老婦人走進來，所到之處，風行草偃，路人走避。

大熱天裡她穿著長袖長褲外加帽子圍巾，除了背上的包包，還手提大大小小綁得緊緊的塑膠袋，東張西望一番，最後選定靠牆長條沙發中間的位置，落座的瞬間，周圍的人自動形成兩倍社交距離。

一一安放好家當，擺滿沙發周圍及桌子對面的椅子，慢條斯理起身，攢著小塑膠袋到櫃檯，點了最小杯的本日咖啡，細細解開十八個結拿出八十五元，再打回十八個結，等候咖啡製作的時間，從料理檯抽出一疊紙巾、抓一把糖包還有兩個奶油球、一根攪棒，來賓某某某您的本日咖啡好了喔，她應聲走去，沒忘了再要個空杯。

紙巾一張張攤開來，鋪滿整個桌面，仔細安置所有戰利品，呼，終於可以坐下來好好享受了。

只見她拿起一條糖包，細細撕開，慢慢像在傷口上藥撒進小小咖啡杯中，倒完把空袋擺回紙巾上，接著第二包，第三包……我喝著拿鐵在心裡默數，一共倒了八包。

蘭花指捏起攪棒，優雅地在杯中畫圈，也是慢慢的，心平氣和的，然後倒進一顆奶油球，再攪一次。不知哪個塑膠袋裡變出一根塑膠湯匙，將糖與咖啡幾乎一比一的飲料舀出兩匙，分別注入先前要來的空杯中……喝了，婦人在繁複花時間的重重儀式後，終於品嘗到第一口咖啡。

她對著杯子輕輕微笑了一下，再加入第二顆奶油球，再舀出來一次，嗯，點點頭，這下味道剛剛好了，表情好像在這樣說。

重複著湯匙舀咖啡的動作，每喝完一階段，她便把頭靠在沙發椅背上，閉上眼回想剛剛舌間的滋味。

可能有人去跟櫃檯反映了什麼，店員小心翼翼怕吵醒誰那樣，拿出芳香劑滋、滋、滋小聲到處噴了噴，瞬間整個空間變得跟森林深處一樣清新，簡直好像可以聽見遠方嘩嘩小溪流水。

我覺得，英國女王的早餐咖啡，應該也不過就是這種氣勢與氣味了呀。

他的手機響了

每天早上去中正紀念堂跑步，都會在靠中山南路側的迴廊固定的那張石椅，遇見這對父子。

一般說來，在那邊照顧老人推輪椅幫忙復健的，壓倒性多數是外傭，再來是中年女兒帶著老年父母的。兒子照顧爸爸、尤其是相當高大感覺兩人都一九〇左右的爸爸和兒子，實在很少見，也引人注目。

伯伯年輕時一定很帥，老了坐在輪椅上也還是出眾。好像總是望著遠方想心事的他，每次看到我跑經過出聲招呼，會立刻高興地舉手回禮：「妳早妳早！」兒子很安靜，坐在一旁看手機，偶爾跟父親說幾句話，帶他去上廁所，或拿水給他喝。聽到我的聲音，也會很有禮貌地點點頭。

那天早上跑第一圈時，看見兒子自己一個人坐著，日常模樣地低頭滑手機，我四處張望，想說是不是老人去廁所了。第二圈，第三圈，還是沒看到，考慮了半天決定停下來，走近說早啊！今天怎麼沒看見伯伯呀？他起身，垂手而立，眼神跟聲音都與他巨大的身形不符地像頭受傷的小動物：「我爸爸他，前幾天走了。」

老人當天在家早餐，吃的是地瓜，所以突然倒下去時，驚慌的兒子以為是噎住了，趕緊打電話，還試圖要把東西從父親的嘴裡挖出來。「在家裡急救了半個小時，去醫院也是，後來醫生說是心肌梗塞，跟地瓜沒關係。」他說。我心想，可以確認跟地瓜沒關係真好，這樣唯一的照顧者比較不會內疚吧。

這幾年雖然常常遇見，但因為伯伯耳朵不是很好，不曾多聊。那天我才想起來問，你們是哪裡人呀，這麼高，他說：「山東高『米』。」哇，我們是老鄉，但，有高米這個地方嗎？我問：「是高密嗎？」他猛點頭說對，是高密。原來他也有一個鄉音很重的山東老爸，就像我小時候一直以為爸爸是「陝」東人那樣。

高密耶，是小說《紅高粱家族》的背景啊。我說你們跟莫言同鄉，他抱歉地看著我：「對不起，我不知道那是誰。」哎呀，當然沒關係。只是因為莫言的小說，高密變成一個對我來說，特別具有意義又有畫面的地方，有英勇的爺爺、剽悍的奶奶和一片連接至天邊的高粱地。

七十年前，伯伯從同一片高粱地裡走出來，參加了國軍，在小島上轉任警察，生了五個兒女，與妻子分開後，再獨力把所有小孩養大。一直陪伴在身邊的是最小的兒子，雖然長得魁梧，但十分溫和害羞，一看就不是那種憑藉身體優勢耀武揚威或是逞凶鬥狠類型，反而有點與整個社會不太同步似慢吞吞的感覺。

本來在台北車站地下街賣玩具，四年前爸爸肺部感染差點走掉，他嚇到，決定放掉工作專心照顧。每天準備三餐、幫忙穿衣洗澡餵藥、帶看醫生，最悠閒的時光是在中正紀念堂的石椅上度過的。不管晴天雨天冬天夏天，他每天早上慢慢推著輪椅從家裡散步至此。選擇那個地點是因為無障礙廁所近在咫尺，迴廊裡擋風遮雨，迴廊外鳥語花香，附近還常常坐著差不多年紀的老人，聽他們用鄉音聊天或唱戲，親切。

他們很少對話，大多時候只是靜靜坐著。

兒子對我說：「之前以為已經都做好心理準備了，可是我爸這樣一走，怎麼感覺這麼難過？心裡實在接受不了，每天都在一起的人，說沒有就沒有了。」他現在還是同一個時間起床，同一個時間來到老位置，同樣彎著腰駝著背看手機，只要不抬頭，爸爸就好像還是坐在旁邊似的。

正聊著，鈴聲響起，我退兩步怕打擾他講電話，他把手機拿出來按掉，說：「沒關係，是我定的鬧鐘，爸爸這時候該吃藥了。」

我得仰頭才能看見臉的那麼高大一個男人，突然眼眶一紅哽咽到說不出話，用袖子按住臉。伸出手只能拍拍他手肘再上去一點的地方，拍不到肩膀，然後我也說不出話來了。

在晴朗明亮的美麗園林中，已經是大人的我們面對面哭得像兩個小孩。

台大醫院靠窗那邊的一張輪椅

人來人往台大醫院內科大廳靠窗的地方，停著一張輪椅，上面坐著白髮老太太。

正在擔心老太太怎麼一個人，旁邊很慢很慢走過來一個頭髮同樣全白的老先生，老先生拿著一堆東西，一面手忙腳亂收進包包裡，一面用濃厚外省腔喃喃：「醫生建議去急診，急診在哪兒呢？」

我在旁邊擔心起來。醫生都說去急診了，怎麼老人家還這麼斯文這麼慢吞吞。老太太聽了只是抬頭表情天真地望著可能是她先生的人，微微張著嘴，好像還搞不清楚發生什麼事了。

衣著整齊得體的他們看起來至少九十歲了，真的像成語形容的那樣老態龍鍾，不禁一直憂慮地望著。老先生一推輪椅，原本掛在輪椅上的傘「夸」地掉在地上，我趕緊上前撿起來，兩個人都出現兒童般神情，恍恍惚惚看著突然出現的人。

我說：「你們要去急診是嗎？」

老先生想半天才醒過來：「對，請問急診在哪裡妳知道嗎？」

我指著前方：「那邊有穿黃背心的志工，可以請他帶你們去。」

老先生說啊，謝謝妳。然後很慢很慢很吃力地推著老太太往那邊走，看著他們的背影，我忍了幾秒，還是追上去：「我帶你們去找志工喔，跟著我走。」一邊走一邊聽到老先生像在哄小孩那樣，溫柔地跟老太太說話：「等一下去急診，我們就拿三天的藥，吃三天就會好了。」

剛才老先生出來的診間應該是腸胃科，老太太可能拉肚子，嘴唇看起來紅得不自然，不知道是不是脫水了，難怪醫生會請他們直接去急診。老太太聽著先生說話，還是一樣小孩似的表情，一句也沒回答。

正忙著的志工一聽我說，馬上把工作交代給同伴，動身帶白髮二人組穿過重重人潮。

真的很想衝過去跟老先生說，我幫你推。但一方面怕我這過度積極的態度會被人當成詐騙老人集團首腦，另一方面，更怕老先生沒有輪椅把手支撐的話，腳會跟著走不動。

那年我爸摔倒，我媽脊椎受傷疼痛不堪無法行走，我們趕回高雄前，我爸就是這樣虛弱地推著輪椅帶我媽媽，一步步挪到骨科診所請醫生幫我媽媽看看。事後爸爸說：「沒關係的，叫我自己我真的走不動，但如果扶著輪椅還是可以走個幾步。」

最後一個不敢跟過去急診的原因，是怕自己會突然痛哭失聲，把眾多病人跟老人家都給嚇壞就慘了。

阿甘在中正紀念堂

老爺爺每天清晨穿著整齊（背著包包帶把大傘）坐在中正紀念堂迴廊的白色石椅上，笑咪咪跟著身旁朋友咿咿呀呀拉著二胡唱京劇。有時候胡琴運弓方向一轉，也能馬上反應，隨即唱起〈魂縈舊夢〉、〈拷紅〉這些老歌來。

昨天我看他獨坐，便開口問，伯伯，今天怎麼只有你一個人？

老爺爺聞聲抬頭，還沒看清人，已經笑得很開心。他回答我，不知道啊，今天星期幾？可能他們有事吧。

運動告一段落，清晨的新鮮光線仍存，樹間小鳥正活潑叫跳，風從園林吹過來，往圍牆的格子窗出去。我坐下來，跟老爺爺聊天。

老爺爺現在雖然很老了八十八歲了，但他以前也曾經非常年輕。十幾歲時在老家遭遇國共內戰，年輕人老是吃不飽，乾脆從軍去，沒想到突然間就一路跑到台灣來。

他是野戰醫院裡的衛生兵，專門幫病患包紮傷口什麼的，另一個衛生兵的兒子也跑到了台灣，他想自己兒子也來當衛生兵，索性誣告舉發（年輕時的）老爺爺是匪諜，這樣就有一個衛生兵缺額了。

根本不用審判，也沒有查證，只要有人檢舉馬上抓起來送火燒島。

「火燒島就是現在的綠島，〈綠島小夜曲〉的作者那時也關在那裡。」老爺爺連說自己的十年冤獄也是笑咪咪的。

「我去的時候已經是第七波，裡面關了四百多個男的，還有一百多個女的，那些女生啊，好幾個是念台灣大學。當時只要覺著你思想有問題，就可以抓，大家知道很多都是被冤枉，所以監獄也不會對你壞，只要不要鬧事，是不會被打。犯人大多是外省人，外省人比本省人多。」

他們在火燒島也沒事做，整天就是擔石頭修路，或是建造游泳池。我問，不辛苦嗎？他笑著說：「我那時候年輕啊，身體好，不怕，有飯吃就行。」

關了十年，有一天莫名其妙被放出來了。但放出來還是叫你繼續當兵，當然已沒衛生兵可做，有個營長看他老實會做飯還懂寫字，便把他要去，專門幫營長家裡買菜煮飯打掃。又當了三年，才退伍。

領了四百塊退休金，老爺爺跑到現在中正紀念堂旁邊的杭州南路租房子住：「第一個想到當然是趕快賺錢不要餓死啊，就去人家餐廳洗碗，一個月三百塊錢。做不到一個月，另一家餐廳來找，說一個月四百塊錢去不去？我當然去，就這樣洗碗存了一點錢。」

之後友人約他合夥到台南做小生意，去了才明白，做生意不難，合夥才反而麻煩。待了一年他又回台北，在杭州南路租了個小小的店面：「我們山東人會包水餃嘛，我包水餃，煮麵條，一做就是幾十年。」

伯伯你有結婚嗎？

伯伯一聽很高興（總是高興）拍拍手說：「本來是沒有那個打算的，但有一天我店裡請來洗碗的女人她女兒找我，就念那個金甌女中，她問我，伯伯你能不能跟我媽媽結婚？」

「我說怎麼可以呢？妳媽媽已經結婚了啊！她才講，爸爸天天跟媽媽吵架打架，希望他們可以分開，看我似乎是可以信任的人吧，覺得可以照顧她媽媽一輩子。

所以告訴我，伯伯你要是願意的話，就拿三百塊給我媽媽讓他們辦離婚，然後再拿三百塊出來，你們去法院公證結婚。」

伯伯真是老實重情義，結了婚便下定決心買房子讓人家住得好，也不要她生：「如果再有孩子，我太太夾在中間會痛苦，因為她已經有一男一女了嘛。她的小孩也等於是我的小孩，後來的學費、補習費都是我出的，所以現在過年他們跟他們的小孩都會來看我們，還給我發紅包（開心得眉飛色舞）。」

我說伯伯你身體怎麼能維持得這麼好，眼睛看得見，耳朵也聽得清，走路穩穩當當。他又樂呵呵：「我就是喜歡唱歌，每天來這裡唱唱歌，很快樂！也沒什麼煩惱了。」

寶貝兮兮地從背包裡拿出好舊的小本子，裡面字跡端正地抄滿歌名，歌名旁還有編號，怎麼有編號呢？老爺爺說是卡拉ＯＫ的號碼呀，他如果去青年公園的車子唱，就可以按編號找出伴唱帶來。

手指著歌名，只要想聽的，老爺爺就一首首歌詞曲調完全不漏地唱出來，一面還手腳並用打拍子，搖頭晃腦好陶醉。

用手機拍下老爺爺唱歌的樣子給他看，他喔的一聲超級高興的：「這東西真不錯，我有去中華電信問，他們應該不會騙人吧？說是一萬塊左右，還可以分期付款。我打算啊，等過年他們回來發紅包，就去買一支！」

陽光照在他的臉上，好像還可以看見那個十幾歲便開始流亡的孩子的笑容。

我那同樣是山東來的爸爸常說：「我不知道有沒有上帝，如果真有一個的話，那祂對我算很不錯。」

上天真的對這些千萬里顛沛流離而來的當年的孩子現今的老人很好嗎？還是說，這些人擁有的只是像電影《阿甘正傳》裡的阿甘那樣，一顆至傻至純終於溫暖別人也照亮自己的心呢？

人生像一個盒子，裡面全是黃連，但他們吃到的每一顆都覺得是巧克力。

侍酒師的故事

我兒子堂堂泳隊同學的媽媽小薇是個大美女（好啦你們一定覺得我怎麼遇到的每個媽媽都是大美女，但不幸的這就是令人氣餒的人生事實），剛入隊時常有媽媽跑來說：「蘭芬，妳覺不覺得小薇的型跟妳有點像啊？」

我一聽大喜。

喜從何來？

小薇比我高十公分，年輕十歲，皮膚比我白亮兩度，臉的大小只有我的二分之一，高鼻鳳眼身材玲瓏有致，並且比我聰明能幹約一億倍，是個超級貴氣的老闆娘。所以說小薇跟我有像，何能不喜?!

這是個太長的前奏，主要想傳達的當然就是有人覺得我跟一位大美女有點像這個閃光點。

週末晚上小薇約了幾個要好的媽媽一起小酌，這種超過晚上六點的趴我一般不跟，但不經意聽到「很多小鮮肉」這句好重要的話，我牙一咬，冒著被老公休掉的風險，誓死如歸地打出這幾個字：「我要去！」

世事難料，可以從兩件事上得到證明。

一是本來以為喝酒的地方食物不會好吃，但那間店的日本料理好吃得讓我想爬到桌子上放煙火。

二呢，是滿心歡喜來看小鮮肉，卻一群女生（？）聽一個熟男講話聽得入迷，整晚拉著人家不想讓他走。

熟男是店裡的侍酒師。

無知的我以前看到侍酒師三個字都漫不經心地想，喔，是在店裡賣酒的。所以那天小薇說她特地為我們預約了一位很難約的侍酒師時，我滿頭黑人問號，咦？我們幾個家庭主婦是能喝多少酒，找個賣酒的來坐在旁邊，不是很彆扭嗎？

然後，他來了。

穿著高級合身西裝，鬢腳有些花白，濃眉大眼大叔型男笑笑的，一手提著一瓶清酒、一手夾著四個酒杯在我們之間坐下。我驚奇地端詳，希望自己像人肉X光機那樣瞬間看透這個我人生中第一次遇見的侍酒師。

啊，在喝酒的地方工作的人一定都挺油腔滑調的吧。但，但這個男人，不但沒有一丁點的油嘴滑舌，甚至可以說是有點害羞呢。

他用專業好看的手勢捧起酒問：「妳們知道為什麼這支酒會叫『梵』嗎？」他的聲音非常好聽，不是那種播新聞的字正腔圓，而是一種特殊的共鳴方式，讓聲音不是從喉嚨而是從胸腔出來，不響，卻渾厚，他刻意壓低嗓門竟因此顯得十分溫柔。

我盯著他看，越看越覺得我是不是曾經在哪裡見過這個人。（天吶我真不想說出我是不是在哪裡見過你這種搭訕老梗）

他一講話天生上揚的嘴角就帶著笑，但他真的笑時，眼睛旁邊會立刻出現很多條深深的魚尾紋，那奇妙地增添了他可愛的程度（戴上老花眼鏡看酒單的樣子最是可愛無敵）：「這家酒廠很有趣，因為他們剛好位於樹林中間，而且想從樹林中走出一條新路來，所以用意象而不是意義選了這個『梵』字，日文念『bon』，所以這支酒的英文名叫『born』，也取其新生之意。是不是很美？很給你一個強烈的記憶點？」

侍酒師遣詞用句專業且相當文氣，言行舉止優雅有禮，給人，啊，這是一種好令人懷念的老派紳士風格的心情。

不過，除了這個，一定還有什麼勾起了我年輕時代的心情。

對了對了，我想起來了，他的模樣好像以前一個高中學長。

有話就說，有□□□向來是我的風格，於是開口：「請問你是眷村出來的嗎？」

（學長以前就是住眷村啊）

他驚訝地點點頭：「對呀！」

剛剛聽一直聽我碎念說他好面熟的媽媽們一起哇～地叫起來。

「哪裡的眷村啊？」

「就板橋林家花園後面的空軍眷村。」

「那可以請教你祖籍是哪裡嗎？」

「我四川人呀！」

還想多問些問題，他卻站起來對著遠處點點頭：「我先去別桌一下喔。」匆匆離去。

覺得很不好意思，人家在這裡是工作，我抓著他講有的沒有的，不知道會不會造成困擾。

侍酒師給我們喝的那支「梵」非常美味，是一種大吟釀的氣泡濁酒，甜甜濃濃的卻因淡淡的氣泡而有清爽刺激感。我只到這杯為止，其他奮勇的媽媽們接著又喝了「茜」、「人氣一」、「梅錦」、「冰雪貯藏」等，及擁有美麗、充滿想像力名字的各種調酒。

超神奇的，一整個晚上，我們都沒聊到平常最關心也最煩惱的小孩話題，光是講好笑的事，光是一個勁兒地大笑。在溫柔的燈光和舒服的音樂中我瞇起眼睛看著喝了不少的大家，那麼燦然如花，那麼無憂無慮，那麼恍如少女……

想不到侍酒師跟他給我的印象確實是一致的，等巡完當晚的預約客人後，他又回到我們這桌，像老朋友那樣笑咪咪誠心誠意回答所有我們想知道的問題——跟我同年（！）的侍酒師先生居然跟我同校！（就說我好像在哪裡看過他），日文系畢業後又在外商公司磨練出不亞於日文的英文能力，之後被延攬至杜拜為一家日本著名工業公司工作。

工程結束後，他當時的老闆想要引進日本清酒，於是他又回到台灣：「去杜拜是因為他們需要中、英、日文都好的人；後來做清酒是因為我懂日文又剛好喜歡清酒；還去了西雅圖跟澳門的飯店做品酒師。」

喝到第四支清酒時，他推薦我們點的鰭邊肉送上桌，他像小孩一樣高興地站起來為大家倒酒並歡樂地說：「妳們先吃一口這個壽司，不要吞下去喔，現在，就是現在趕快喝一口酒……怎麼樣？有什麼感覺？有嘗到酒裡比較重的丹寧跟魚的油脂搭配出來的層次感嗎？」他眼睛閃閃發亮地一一看著我們。

回家查了才知道，侍酒師要具備嚴謹專業知識，還要有博學、表達能力強、精通各式餐飲等特質，真不是開玩笑的。

「有清酒侍酒師執照的人多嗎？」我問。

「其實不多，應該說很少，因為要親自去日本考，而且只用日文，所以流利的日文是絕對的門檻。」

「除了在這裡工作，其他時間還做些什麼？」

「有空的話還會接日文的口譯工作。」

在四十多年的歲月中因著努力和才華，已經經歷了如此變化多端的有趣生活，把自己培養得博學多聞又很有質感（而且真的長得很好看），讓同年的我忍不住想好好審視自己這些年來到底有什麼成長啊。

那晚我只喝了一杯酒，而且根本沒喝完（菜倒是吃很多），卻整個人樂陶陶的像喝醉了似的。

媽媽好友們都承認，除了菜好酒好外，侍酒師先生真是那晚的重點，他所帶給我們及所呈現出的帶有幸福餘韻的美好質地，讓我們打從心底最深處都被感動感染了。

離去時，侍酒師先生立在門前跟我們道別，我往後望去，他一直一直挺挺地站在那邊直到我們轉彎不再能看到為止。

過了午夜才回到家，出門前帶的鑰匙居然還能打開大門（本來想說可能老公都把鎖給換了），安靜的屋裡只有他們三人睡著的鼾聲。

立在客廳之中，聽著屋裡屋外所有的聲響。突然覺得，我的這四十多年，好像也並不算白活啊。（打飽嗝）

四號許願機

幸福藏在細節裡

不管是富人窮人中間人，
人至少有一項正當的嗜好，
可以投注全部熱情，不厭其煩，至死方休。

夜班警衛系列

1. 第一位警衛

我們大樓新來一個夜班警衛。

警衛先生皮膚很好（男子少見的那種白裡透紅），戴著度數似乎很深的眼鏡，頭髮跟衣著十分整齊，見了人永遠笑咪咪的，非常有禮貌。總是用雙手奉上他要拿給住戶的信啊報紙包裹的，跑著去幫忙開門關門按電梯。

他一來就很樂於與人攀談，三兩下記住所有住戶的姓名。不像一般警衛通常說你好你早那樣而已，他說的是，廖先生你好，方太太早，秦媽媽晚安。

閉俗如我（好大家一定狂笑了但我對陌生人尤其是男性真的真的會），面對他的熱情及健談，有很長一段時間是只維持著最簡單程度的禮貌應對著的。

但常會聽到他與其他住戶的閒聊內容，例如他花了很長的時間煮了一頓飯，用了哪些食材，最後口感的美味；或是一次在市場買到用美麗花棉布包起來的充電式暖暖包，它如何擁有多種用途，使得他可以度過寒流時獨自坐在大廳中的漫漫長夜。

我有時晚上想起來，會去樓上健身房跑一下步。大樓的跑步機鑰匙是由警衛保管，因此常得跟這位先生借還鑰匙。

前幾天還了東西後正要轉身去按電梯，他突然噠噠噠地從櫃檯後跑出來，很客氣地說，某某太太，可以耽誤妳幾分鐘嗎？然後把他的手機拿到我的眼前。

手機裡是幾張畫，我看了一會兒，是功力相當厲害的寫實油畫。

「這是我畫的。」警衛充滿期待地看著我，笑咪咪地說。

「啊？什麼意思？」

「這些是我的作品喔，沒有騙人。」

「為什麼你會畫畫？還畫得這麼好？」

「我以前就是做這個的啊，還開過好幾次展覽。」

「蛤?!」

寒冷冬天的夜晚，夢似的大廳水晶燈光下，一個夜班警衛突然告訴你他原本是個畫家。這種場景應該是某部電影的片段，怎麼會是真實人生呢？

我懷抱著幾分戒心地仔細觀察警衛先生的眼神談吐。想起來前陣子才在MOD的CI罪案偵組頻道看過，一個處心機慮的女人如何以國外畫家的畫把人騙慘的故事。

他毫無所覺仍熱心說著（聽久了會發現他奇特地保有著一定程度的孩子氣），提到他是美術系西畫組畢業的，還有兩張畫現在被北京一個畫院收藏著。

「某某太太，妳可能不相信，但是我以前好的時候真的很好。朋友都來跟我借錢，還開了公司，只是開發軟體都是在燒錢，結果倒掉，欠了好多錢。哎呀，還是要過日子，所以來做保全。」

他笑笑地講完，笑笑地嘆氣。

我偷偷瞄了他的名牌，一回家馬上打開手機Google。

然後拿著手機衝進浴室塞給正在上廁所的老公，你看，你看一下嘛，這是樓下那個警衛耶！

兩天後的晚上跑完步，我特別站在櫃檯前不肯走，硬要跟人家聊天。

警衛先生美術系畢業後去了法國（他說那時法國物價高得驚人沒辦法待太久），之後回台灣從事視覺設計，賺到不少錢，卻突發奇想開家公司研發軟體，比原本想像的困難很多很多，就算跟銀行借到很多資金並且自己還去學寫程式，最後還是倒閉欠銀行一大堆錢。

負債之後只好重回設計行業，但就開始都睡不著。

「做設計當然是比較好賺，可是齁，晚上都不能睡，還一直在想怎麼畫，又有交東西的期限，那個壓力實在受不了。」

「我不懂，那你那時明明很有錢了，為什麼突然去開公司？」

「哎呀，都是我姊啦，她帶了一個算命師回家，說他多會算多準。幫我看一看就講，我四十幾歲就會因為心臟病死掉。那聽到我就想，反正那麼早就要死，那就趕快來做想做的事，所以才一時衝動跑去開。結果現在五十幾歲也沒怎樣啊，後來我真的我再也不算命了。」

「因為做設計睡不著，才來保全公司嗎？」

「對呀，做這個很不錯，回去就真的可以睡覺，不會睡不著。」

「為什麼選擇夜班啊？」

健談的警衛先生突然遲疑了一下，不好意思地笑起來：「我那個，想說，晚上上班，白天可以錄歌……」

「啊？錄什麼歌？」

「我，我喜歡唱歌嘛。其實我在 YouTube 放了一百多首我唱的歌，還有男女對唱的。」

「天吶，自己寫的歌嗎？」

「不是不是，都是別人的歌，我只是喜歡唱。所以做這個真的不錯，晚上可以聽一些歌，練一練，白天回去就可以錄了。」

「所以欠錢會覺得很有壓力嗎？」

「還好吧，我現在就一直都在還啊，只是欠我錢的都要不回來，他們都說他們多慘多慘，哎。」

「為什麼現在不畫畫呢？」

「畫畫說真的要全心投入，我現在一個月只有六天假，沒那個力氣啊。」

「你會覺得現在的生活跟過去比起來落差很大嗎？」

「欸，還好吧，現在不錯啊，睡得著覺，還可以唱唱歌，每天都還滿快樂的啊。」

警衛先生瞇眼笑著。

從他的故事，我（跟平常一樣）總結不出什麼大道理來，只是在想，不管是富人窮人中間人，人只要（至少）有一項正當的嗜好（別說什麼賭博吸毒那些的），可以投注全部熱情，不厭其煩，至死方休，很確實的有那麼一個東西存在。

這樣的話，好像就可以說，我這個人生還挺不錯的。

是不是呢？

2. 第二位警衛

我們大樓夜班有個警衛身材瘦削結實，剃著平頭，襯著單眼皮跟薄嘴唇，不講話時自然流露一股殺氣，他剛來那會兒我還怕怕的，覺得像黑道人士。

後來才發現他超級敬業，做事極為麻利，雖然不擅言詞但值勤能照顧到種種細節十分貼心，贏得大樓住戶一致喜愛。

今天運動完從外面回來，等電梯時間聊了幾句，我突發奇想問：

「半夜會不會有住戶睡不著來找你聊天啊？」

他點點頭：「有，××樓的女兒放暑假時住家裡，晚上都會等她爸媽睡了跑下來跟我聊天。」

「哇，」我說：「這樣也不錯啊，少女陪你聊天耶！」

「可是……」

「怎麼了？怕她爸發現罵你嗎？」

「是不會啦，只是我也是有點事要忙。」警衛遲疑地說。

「要巡邏嗎？」

「當然，該執行的任務一定要全部好好做到的。但除了那些之外，我還要……」

「還要幹嘛？我看你是嫌人家吧。」

「沒有沒有，我沒有不喜歡她下來聊天，只是，」警衛不好意思地停了幾秒鐘，最後深吸一口氣下定決心似地回答：

「只是，我要追《延禧攻略》啦！」（害羞）

3. 第三位警衛

我真的很愛寫我們大樓的警衛，覺得他們把平平常常的日子過出許多滋味。

祖先從福建移民馬來西亞，到他已經是第四代，九歲時跟著父親搬到台灣，在永和一帶長大，家裡排行老么，前面有好幾個哥哥姊姊。

做過不少職業，後來兄姊都結婚離家，爸媽身邊只剩他，為了白天可以帶老人買菜看醫生，逐漸習慣夜班警衛這份工作。

做事認真，勤快靈活，隨時注意監視器，我人離大門還有一公尺就聽到噠一聲鎖已開。早上下樓拿羊奶，電梯門打開他已經笑嘻嘻站在眼前，手上端著羊奶跟報紙，待我接下他火速按好樓層跟關門鍵。

做了很久，前兩年突然說要辭職，我問為什麼，他說媽媽得癌症，大家都忙，只有他可以不工作全心照顧。之後母親過世，他轉到附近豪宅，一樣是夜班警衛，那邊光晚上就有四個人值班，他還是按照過往態度做事，卻遭同事譏嘲「幹嘛那麼認真」、「你這樣是故意讓我們難看」。

於是有機會還是又回來我們大樓，他語言樸素：「因為你們都對我很好。」也住這棟大樓的某位女藝人結婚前常跟他聊天，我開玩笑：「還以為你是因為她回來的。」他正色表示：「我有女朋友了說。」

既然提到有女朋友，就來好好聊一聊吧。

兩人二十年前同在餐廳工作認識，在一起時很開心，但女生事業心強，常常很忙或有時鬧脾氣會消失一段時間，然後總是又會再來找他，他笑嘻嘻說：「有回來就好。」不結婚也沒關係：「又沒想生小孩，我們已經像老夫老妻了。」

給我看手機裡女友照片，真是非常漂亮呢！我這樣講，他超開心的。

媽媽不在了，他照顧老爸爸，日子一樣過得有模有樣。過年後我問他，兩個大男人怎麼過年呢？他答很簡單啊，只要聽人家講哪些餐廳什麼有好吃，我就一家一家跑去買，把冰箱堆得滿滿的，過年我們吃得很好，每天都是名菜耶。

那天突然發現他騎來上班的機車好酷喔，是造型很可愛的偉士牌，我老公很有興趣地問這台要多少錢，他說：「二十九萬九。」把我們嚇一大跳，還真不便宜。

他說前一輛也是偉士牌，很耐操，騎了十五年，所以決定這次還是買偉士牌，只是現在的新款已經沒有舊款附的腳踩發動器：「以前發不動還可以拚命踩踩到發動，現在發不動就沒辦法，只能叫人來拖走了。」

「你這車好漂亮喔，要不要拍一張照片借我放臉書？」他猛點頭。前幾天我再跟他要，他說：「我要等天氣好，把車拿去洗乾淨，才能拍給妳。」

後來他特別休了兩天假，把寶貝車子擦洗得金光閃閃。

這就是認真生活的夜班警衛跟他可愛發亮的偉士牌的故事。

法國巴黎如何改變了打掃阿姨的人生

我們這棟樓的打掃阿姨個子嬌小，面貌清秀，穿衣樣式簡潔卻看得出剪裁色彩是講究過的。她說話輕聲細語，做事負責又精細，體態優雅，比許多我們號稱貴婦的鄰居還有氣質。（喂）

就在剛剛，我一面在大樓健身房跑步，一面跟正在打掃的打掃阿姨聊天。聽到後來，我說：「阿姨妳等等，我先把電視關掉，妳的故事太有趣了！」

打掃阿姨，為了大家閱讀方便，我們把她叫做阿慧吧。

阿慧的裁縫師爸爸在民國五十年左右從台中搬到台北討生活，剛上來人生地不熟，以為只要人多就是好地方，於是選擇住進位於新生南路、信義路交叉口的眷村聚落中，光那塊地方就約住了有五、六千人。

三十四年後那地方整個被遷移推平，成為現在的大安森林公園。

「我爸以為人多一定會有生意，誰知道那邊的都是外省人、軍人，窮得要命，一年一家頂多做一次新衣服，我們家有四個小孩，日子過得真的很苦。」阿慧說。

小時候她常跟著哥哥、弟弟還有眷村的小孩到處撿橘子皮。橘子皮可能是要做中藥的，他們去收市後的菜市場或是眷村每個人家周邊尋找：「我一直覺得那個收橘皮的人很奇怪，我撿一大堆他給我兩毛，撿小小一堆他也是給我兩毛。」另外還會去洗瓶子，幫酒公司清洗回收後的酒瓶，洗一個上午也可以賺上幾毛。

再長大一點，阿慧開始跟著眷村同學跑到當時位於眷村旁的國際學舍玩：「那邊非常多外國人，後來跟幾個華僑混得很熟，我們最喜歡一起到那時候信義路、金山南路，就是銀翼對面的寶宮戲院看電影。」

「我剛從北市商畢業，還在考慮要不要去念銘傳或北醫的專科部，聽他們天天在講法國、法國，說法國多好多漂亮，一定要想辦法去那邊念書。我問他們，我不會法語，怎麼去？他們說去了就會啦！妳跟我們到巴黎後一面打工一面念書，很簡單的，巴黎太美了，在那裡過日子才叫活著啊！」

二十歲的阿慧好像從來沒有怕過什麼，她想了一下說：「好啊！我跟你們一起去！」

民國六十年代台灣還在戒嚴時期，出國哪裡是二十歲的普通女孩隨隨便便說走就走的？

「他們說，乾脆妳在我們之間挑一個，我們都有外國護照，妳只要跟我們其中一個結了婚就能出國了。啊，某某某啦，你們不是很要好嗎？妳就跟他結婚吧！我什麼都不懂，心想只能這樣了，然後兩個人就跑去登記結婚。」

「天吶！」我說：「妳真的因為這樣嫁給他？」

「對呀！我爸媽反對得要死，根本不肯，還說妳堅持要這樣以後所有的事自己負責。我也很硬，自己負責就自己負責，我一定要去法國！所以沒有宴客什麼的，一辦完，我們一群人馬上飛到東京去，在那邊比較好拿到法國簽證。」

沒想到，所有的人法簽都過了，只有她一個人沒過。「因為民國六十年台灣剛退出聯合國，我拿中國民國護照，怎麼簽都簽不過。」

無可奈何之下，同行的夥伴留下他們去了法國，阿慧的先生考慮之後決定直接留在東京，兩個人想辦法打打工做些小生意，應該可以過下去。而且說不定以後還有機會再申請去法國。

「哎，我那時候太年輕了，什麼都不懂，連避孕都不會。在東京沒待多久，居然就懷孕了。我很害怕，不知道要怎麼生孩子，我媽聽到我懷孕一直叫我回去，至少在台北她可以幫我坐月子。所以我們又回台北。回去被說我們好傻，大家都想去外國生孩子，只有我們已經在外國了還特別跑回來生。」

回台灣後，阿慧進財政部做一些打雜的工作，先生則是做藝品買賣。

「我一直都是傻呼呼的，什麼都搞不太清楚。」

阿慧苦笑，把髮絲別到耳後：「走到哪裡，都會有人跑來跟我說，妳要小心妳尪啊，他帶著小姐出出入入內！連我去吃自助餐，自助餐的老闆娘都跟我說他帶女人來吃飯。好像全世界的人都知道了，我是最後一個才知道的。」

「外遇喔?!」我大驚。

「對呀，他就是很花心，每次被發現都說以後不會了，可是還是一直又有又有。」

「為什麼啊？他有很帥嗎？」

「嗯……他很高算帥吧，所以我兒子也很高，一七七，跟他爸爸一樣。」

「所以你們有離婚嗎？」

「嗯！是我堅持要離的。但後來很後悔，因為離婚對小孩影響太大了，以前我不願意忍耐什麼，但等到自己一個人帶小孩，真的很多時候無可奈何，才懂得很多事情非忍不可。」

「那妳離婚後，怎麼養小孩？」

「那時候是民國七十幾年，台灣景氣正好，想說離婚也不用怕，反正我可以自己做生意，賺錢一點都不難。但是辦完離婚手續，第二天早上起床，小孩問我，媽媽我們今天早餐要吃什麼？我坐在床上才一陣心慌，第一次意識到從現在這一刻開始，所有的花費都必須由我自己一個人承擔起來了。」

阿慧在東區的二一六巷開了間專賣日本服飾的委託行，小孩就近在旁邊小學念書，每天放學來店裡等她關店，再一起回家。

但即使經濟上沒有太大問題，小孩的心靈還是受傷了，「我兒子現在才告訴我，他的人生有個缺憾，因為成長過程沒有爸爸。他考高中時，只有第一節的數學有寫完，拿到滿分，之後每一科他都繳白卷，青春期的他很叛逆，想用這種方式表達抗議。」

幸好熬過那段時間，兒子就懂事了，考上很好大學的電機系，又念了研究所。

雖然指導教授親自來拜訪阿慧，希望她兒子能繼續念博士班，但孝順的兒子認為當時台灣科技業正旺，決定要盡快出社會工作賺錢，不要再讓媽媽那麼辛苦。

如今兒子女兒在很好的單位上班，也都結婚了，本來她是可以不用再出來工作，在家享享清福就好。

「之前我跟他們住新竹，每天早上吃過早餐，夫妻倆就開車把小孩載出去上學，留下我一個人面對桌上的早餐。可是早餐才幾個碗盤，沒兩下洗完，坐在那裡也不知道要幹嘛。我朋友說那幫我介紹到台北工作，可以賺一些錢還不會那麼無聊，所以我就來這裡了。」

「阿姨，那妳後來有去過法國嗎？」

「沒有耶。」

「妳年輕時不是夢想著要去嗎？」

「對呀。可是那是我們一群人的夢想，現在剩下我，也沒那麼想去了。如今唯一的心願就是小孩都好好的，孫子也都好好的，他們才是我人生最重要的意義。」

「年輕時的夢想真的好像一場夢。」

「對呀，但如果當時沒有那麼勇敢作了那個夢，我的命運就完全不一樣了。」

「阿姨，謝謝妳告訴我這麼有意思的故事。」

「沒有啦，對別人來說是個故事，對我自己來說……是真真實實的人生吧。」

我的青春都靠你

剛跑影劇，差不多二十幾歲，在攝影棚裡看到好多女生頭髮好好看，才第一次發現原來找厲害的設計師真的會像明星（後來證實只有我不會）。問一個化妝師她美麗短髮給誰剪的，於是認識在東區一家高級得要死的店裡的設計師 Nick。

Nick 長得高大帥氣到不可思議，每次他在鏡子裡凝視我的頭髮時我都旁顧左右，臉唰唰紅起來。香港人，講的國語有廣東腔，但聲音低沉，人很好，有一次還問我什麼星座，我說獅子座，他笑：「我喜歡獅子座的女生，以前女朋友就是獅子座的。」

一時不知回答什麼，腦子裡太開心猛放煙火，然後第一個念頭是，啊，原來他是喜歡女生的。（喂）

後來不知道為什麼，他不見了。打電話去預約，接電話的人說 Nick 已經不在那邊，不死心追問：「他是回香港還是去別家店？」對方停一下答：「他突然有事回香港。」

於是又開始漫長的尋找合適設計師的旅程，那時我妹還在淡水工作，說學妹推薦她一個在北區的店，裡面有一個男的設計師叫 Joe 很會弄頭髮。如果那時候我三十歲，那當時他應該才二十五，但因為高大跟留著造型鬍鬚，就沒意識到其實他還非常年輕。

Joe 剪髮手法狂野，會把頭髮拚命撥過來撥過去，還要我自己把頭晃一晃甩一甩，「沒有人可以頭都不動的啦，會剪的才敢這樣弄，只要我過手，不管風怎麼吹，就是有型。」

整個人很有自信，燙髮跟染髮手法極為繁複，有時只燙裡面，有時候只燙後面，有時一顆頭用上五、六種髮捲，染髮顏色更是大膽繽紛，什麼紫的綠的讓人有點擔心，他永遠用輕鬆得不得了的口氣說：「放心啦，是我弄的，絕對不會失敗。」

果然一試成主顧，接下來好多年都去那間，我所有最潮最浪漫的髮型都是出自他手。

Joe 也曾經自己開過公司，想走國際路線，但沒多久又收到他簡訊說已經回來。我問他怎麼不當老闆了，他答身體不行，壓力太大，每天都要吃很多精神科的藥，焦慮恐慌什麼都來。

覺得他真的是我見過最有天分的設計師，不只是頭髮，連身上穿的工作服、腳上穿的鞋子，都可以做到自己買布買白色鞋子來重新上色重新剪裁，然後明明便宜的材料在他身上就變得超級時尚。

他很清楚自己厲害，但境遇或個性使然，一直有懷才不遇的心情。「我不是在幫妳剪頭髮，是在規劃妳在生活中應該有的樣子，我不是設計師，我是藝術家。」

有時亢奮起來，會變得很狂：「可是我要養家，我有重擔，台灣又不是很重視創意的地方，我剪的雖然跟別人絕對不一樣，但就是一樣拿少少的錢。」

漸漸的好像什麼都不對了，應邀出國參加髮型秀，居然是陽春得不得了的路邊攤；又或者一直換店；有時還會人不見一陣子。再找到他，發現剪髮時手居然會抖，菸癮非常大，甚至需要暫停去吃一下鎮定劑。

他變得不再那麼自大，講話小小聲，常常道歉，只有在看到自己又弄出一個精采的新髮型時會眼睛突然亮起來，像過去那樣聲調變高，手勢誇張。

有一天我妹在line上留話給他，說想去修剪，但一直沒收到回覆。過了好多天終於收到回覆，卻是Joe的妹妹，她寫，不知道怎麼說才好，我哥哥上週過世了。

雖然這麼長的歲月裡老是聽他說這裡不舒服那裡不舒服，我們卻都覺得只是心病，是藝術家難免的精神敏感。哪裡想得到，怎麼前幾天還在店裡幫人家弄頭髮，說不在就不在了呢？

到鏡子前看自己的頭髮，以後可能再也不會出現那些充滿創意與想像力的造型，和走出店門時覺得自己宛若新生般的神奇時刻吧。

突然了解，我的青春跟Joe一樣，都不會再回來了。

林老闆生機勃勃

林老闆今年三十五歲，戴著棒球帽蓄小鬍站在市場叫賣網紅餅乾，檯面上擺著的都是新產品，什麼蛋捲、五穀餅的，懂行的客人開口問：「有沒有鹹餅？」他大聲回答：「當然有！就剩幾包了。」寶貝兮兮從身後的箱子裡捧出來，慎重拿印著店名的提袋裝好，塞進一張傳單，在東區他還開了一間餅乾代購店。

「哇，你是老闆耶，還自己出來擺攤。」我問。

「當然要，市場啊、花博啊、公家單位啊，人多的地方我都去賣，這是服務老人，老人家很愛吃這個，可是他們不會特別跑去南部排隊，也不太去東區，我做這個做十年了。另一方面，也是做點宣傳啦。在台北一年可以做一千多萬的量，別看這只是代購，我的量這麼大，餅乾店的人看到我要叫我一聲林哥。」話匣子一打開，嘩啦嘩啦的。

「這樣跑不是很累嗎?你怎麼這麼有活力?」

「賺錢我興趣啊。」他一面跟我聊一面還熱情地招呼路過客人,敏捷地收錢裝袋,「我二十歲退伍先是教小朋友游泳,做過吃的,推銷員,夜市賣東西,還開服裝店,結果服裝店虧掉一百二,後來做代購才固定下來。累當然很累啊,我癌症開刀之前每天只睡三、四個小時,後來就不敢那麼拚了。」

「天吶,老闆你還得過癌症。」我大驚。

「對呀!睪丸癌。」他用比我得感冒還輕鬆的口氣說:「自己發現的,上網查了一下,第二天去署立醫院看,醫生說是癌症要開刀,我就再跑去台大找一個這方面權威,半個月後拿掉,也不用化療,現在好好的,只是少一邊而已。」

「老闆,你好開朗啊。」

「現在很多啦,我爸肝癌,我媽乳癌,之前一個表弟腦瘤剛走,遇到了就想辦法處理,處理不了也只能這樣啊。」

下午一點半了,開朗的代購店老闆開始收拾東西:「等一下這邊忙完,三點又要開始進貨,我還要趕回去,每天都是這樣,一年只休兩天,過年的時候回去陪我外婆吃飯，她已經九十九歲了，身體還很好。」

「老闆，你賺這麼多錢都花在哪裡啊？」

「我沒有時間花錢啦，有時候在南部做生意的弟弟需要，我就幫他一下，開公司的錢不像我這邊，我這邊比較靈活。我們其他家人全部現在都還住在老家，每天都去幫我盯貨，所以妳看我的餅乾，全都是熱塑密封好的，那種鬆開漏氣的他們不會拿過來，算是全家都一起努力這樣，這樣很好。」

回家打開餅乾，果然跟多年前吃到的一樣好吃，鹹香硬脆，像剛剛說的他賣的都包裝得超好，密封原味。光是買一包餅乾，就讓我在陰雨天裡感覺到明亮陽光般的好心情。

三十五歲的林老闆雖然只剩一邊，但總覺得他比誰都生機勃勃呢。

馬來西亞小偉的土撥鼠日

滑雪第一天快結束時，我外甥女鄧鄧的雪板壞掉。

那時教練正帶著大家在半山坡上練習，於是鄧鄧必須自己一個人穿著厚重鞋子扛著又大又重板子，冒著正下著的雪走下長長的山路，穿過結冰的停車場，才能回到飯店租借雪具的地方處理。（美少女有時會顯現出意想不到的堅強啊）

那天值班的是個會講華語的某國人，他判斷那雪板一時無法修復，但飯店所有雪板都被借光，於是親切地把自己的雪板先借給鄧鄧使用，就這樣我們認識了出身馬來西亞華裔的小偉。

小偉長得高高胖胖黑黑，厚髮有點捲地堆在額頭，經常性地出現一種「現在是什麼情況？」的憨直表情。

剛從大學建築系畢業，在網路上找了資料就直接飛到日本的這個雪場飯店，「來了才發現跟網路上寫的不一樣，請教練一天要五萬二千日幣耶！太$%#*&^吧！」

小偉發出連串我無法辨識是哪國語言的感嘆。

只考慮幾分鐘，就跑去找飯店經理，問可不可以讓他在這邊打工，然後免費使用雪具。日本雪場永遠缺人，而且小偉會講普通話、英語、廣東話、客家話、馬來語跟泰語，主管一聽馬上答應，火速跟他簽下為期三個月的雪季打工合約。

六種語言?!

也太厲害了吧。

小偉說他原生家庭是廣東移民，家裡跟親戚間本來就會說普通話、廣東話跟客家話。然後上的都是以英語授課的學校，還曾經去泰國交換學生一年，英語、泰語溝通都不成問題。

只要沒有滑雪團或是下午四點日間雪場關閉後，他就可以自由自在拿著雪板衝去練習。

「沒有教練也沒關係嗎？」

「沒關係～！」小偉的普通話有種可愛的怪腔調：「有問題我都會請教住在這邊的教練啊。」

真好耶！可以免費滑雪，住在舒服的雪場飯店客房，泡溫泉，每天吃歐式自助餐，還可以賺到打工費，也太幸運了吧。

然而小偉聽到我的羨慕，卻突然出現難得的嚴肅表情：「妳已經來住第三天的對吧？有注意到餐廳菜色從來沒換過的嗎？」

真的真的，每天早餐晚餐長長ㄇ字形台子上看似多樣的盤子裡，裝的正是日復一日一模一樣的料理。

進門甜點區有巧克力布朗尼、奶油捲、咖啡捲、蘋果派；生食區有小白蝦、鮭魚片、花枝片、苜蓿芽、紅蘿蔔絲、洋蔥絲、某種苦苦紅紅綠綠的生菜；最受歡迎的永遠是那個現烤現切的牛排和細細長長的蟹腳；義大利麵不變的番茄、起司、蒜味三種口味，理所當然到像是國際規定；蘋果冰前總是排著長長的小孩人龍。

小偉說：「第一天吃的時候興奮得要命，吃超多，第二天也還可以，第三天就覺得『咦？』這樣，第四天我就完全不吃了，餓一天。」

馬來西亞來的男孩很愛吃辣，而這飯店的自助餐卻一點都不辣，飯店又位於深山，連出門尋找其他食物的可能性都沒有：「每天一進餐廳，聞到一模一樣的味道，都快吐了……而我已經在這邊待了三個星期了！」他再度發出聽不懂的字眼串成的哀嚎。

大學時很愛一部美國電影叫《今天暫時停止》，原文「Groundhog Day」所以大陸翻的是「土撥鼠日」，很厭世的男主角菲爾跟著新聞團隊去採訪小鎮的土撥鼠日時，發現自己被困在同一天，每次醒來都是遇到一樣的人一樣的事一樣的氣溫一樣的食物。

對小偉來說，這日本深山中的滑雪打工，應該算是亞洲版的土撥鼠日吧。

「不過，還有個希望。」他的聲音振奮起來：「我打聽好了，春天，等到春天菜色就會換了！」

可是小偉，等到春天，滑雪季就結束了！你要回馬來西亞了啊啊啊～。

最近我的醫師袍比較乾淨

昨天跟好友吃飯，慶賀他們全家去美國待了一年多終於回台，她是帶著小孩隨當醫生的老公去那邊的教學醫院交流。

聊著聊著她說：「我老公昨天下班跟我講，最近他的醫師袍比較乾淨。」

好友的老公是皮膚科醫生，我們一直以為這種熱門專科醫生一定是搭上現在整型熱潮，做醫美項目做到手軟，然後賺進大把大把鈔票，坐上人生勝利者寶座享受各界歡呼那樣。（欸好像講得太誇張）

總是笑咪咪聽別人說話，十分溫柔一點都不喜歡炫耀的好友搖搖頭：

「不是啊，他們診時都把要做醫美的病人轉給其他醫師看。以前他們科的介紹裡，醫美項目是寫上『全體醫師』，但後面括號註明，『某某某（她老公）醫師除外』。」

「啊？為什麼他不做？」

「覺得醫美很多人在做了，不缺一個，但他研究的黴菌這一塊可以幫到很多人，如果連他都把時間拿去做醫美，那那些深受感染之苦的人怎麼辦？」

「容我俗氣地問一下，你們不會羨慕同學現在都賺很多錢嗎？」

「還好啦，基督徒嘛，不要只想著地上的財寶。」她不是那種積極的傳教個性，於是害羞地笑起來：「他就是覺得對的事，要一直做下去。所以那天回來說最近醫師袍比較乾淨，我問他為什麼。」

「對呀為什麼呀，感覺有故事耶。」我好奇（八卦）追問。

「他看診的時候不是，喔，看一下，然後開藥給病人而已，要看趾甲的會一個一個蹲在地上仔細檢查，因為黴菌感染的趾甲都很厚，有的還會把整個腳趾前面包起來，那樣不管擦多少藥都進不去。所以他準備了工具，幫病人把趾甲剪乾淨，有時會拿那種牙醫在磨牙的小鑽子把生病的趾甲清掉，這樣回去他們擦藥才會真的有用。」

「我的媽呀，也太辛苦了，他可以叫病人回去自己剪啊。」

「很多都是老阿公老阿嬤，眼睛都看不清楚，也彎不下腰了，趾甲很又厚，根本剪不下去。」

「難怪⋯，難怪他的醫師袍會髒，是因為都蹲在地上嗎？」

「對呀，然後我們去美國，停診一年，這幾天還沒有很多人知道他回來了，掛號的沒以前那麼多，他下診後把醫師袍脫起來突然發現怎麼那麼乾淨，覺得很有趣才回來跟我講。」

非常非常感動，在這個全球浮躁的年代，還能有這樣安靜地堅持做平淡樸實工作的人。這就是偉大啊。

就算誇張的我也一時找不到話來表達了，只能舉杯謝謝好友，謝謝她帶來的天使之光照亮了我的一整天。

霸道總裁教你滑雪

二〇一九年冬天在青森溫泉滑雪場纜車上，穿著雙板的腳懸在座椅之下，晃呀晃的，剛剛滑雪時產生的身體熱氣現在讓我的雪鏡變得有點霧濛濛。雙手緊緊抓著雪杖和纜車欄杆，流行音樂隨著每隔一段距離裝設的喇叭忽遠忽近，旁邊剛好與我同車的是書豪教練。

「教練我跟你說喔，每次不管遇到哪個教練，我都很喜歡問他們不滑雪時是做什麼工作，因為這個專業很有意思，一年只有兩三個月可以做，其他時間你們都在幹嘛我太好奇了。」

「所以妳現在也想問我就對了。」

「嗯嗯，教練你冰雪聰明耶。像有的人是當高樓洗窗師傅，跟公司談一年就是做十個月；有人自己開店所以比較自由；有人當老師有寒假。那書豪教練你是做什麼的？」

「大家都叫我王總。」

「王總的意思是？」

「我在上海有家通訊公司，然後我們三代都是骨董商，專門做字畫的收藏跟買賣。」

「媽呀，原來你是富二代！」

「還好啦。另外我還是台大單車社顧問。」

「教練……你是富二代就算了，居然還台大的喔。」

「對呀，台大國企，一進去就加入單車社，大三那年學長邀我跟他一起開了光電通訊公司我們就開始當老闆了。」

「天吶學霸加總裁……那骨董買賣呢？」

「照做啊，學校畢業後我幾乎一個月要跑一個大陸的省，再偏僻的地方都要去，還要擁有鑑定真偽的能力，太多假字畫了。」

「所以條件這麼好的你也是娶富家千金嗎？」

「不是喔，我是娶我們公司的工讀生。」

「真的假的?!教練你是認真說的嗎？」

「認真的啊，那時候我們公司要成立華人世界第一個骨董資料庫，請了工讀生來做檔案輸入，她是美術系書畫組的，被老師介紹過來上班。」

「然後你們就一見鍾情了嗎？」

「沒有啦，那時還沒有，後來她畢業我們家覺得很優秀，推薦給相熟的拍賣公司。幾年後才又在拍賣場合遇到。」

「然後就一見鍾情?!」

「妳真的很喜歡一見鍾情耶。其實那是我人生跌到最谷底的時候，光電公司負債兩億多只好處理掉，然後又剛結束前一段婚姻，很慘。」

「所以真的是，心情低潮時的——一見鍾情？」

「喂～！好啦算是。她小我十二歲，還很年輕，但因為有共同話題所以很聊得來。我都跟人家說，因為當年她在我們家輸入了成千上萬筆的骨董資料，怕她洩密，既然不能滅口，就只好把她娶回家。」

「那教練我再請教你喔，每年你教的學生都會像對我們這樣，晚上還把大家叫出來，一個一個放影片說明每人的問題嗎？」

「是啊，每年都做，我二〇〇六年第一次滑雪，到二〇一二年考上教練，這當中我對於滑雪技巧有各種各樣的疑問，於是統統整理起來做成題庫教給大家，並且拍下大家每一天的變化，這樣子不但學員進步很會快，如果下次再遇到資料叫出來就很容易銜接。」

「然後也都拿滑雪娃娃出來示範？」

「對呀，那是我用鐵絲自己做的，這樣要扨動作比較好扨哈哈。你們會覺得滑了一天的雪晚上還要上課很累嗎？」

「不會呀，這是我這輩子上過最認真聽的課喔。」

「哈哈那就好。」

「教練。」

「啊？」

「我問你喔，你是個大老闆，又非常忙碌，到底是什麼讓你放下賺大錢的生意每年回到雪場拿一點點酬勞，辛辛苦苦地教滑雪啊？」

「欸……是笑容。」

「蛤？」

「當你教一個新手學會滑雪，或者讓某個人幾天內大大進步，他們臉上會出現非常非常開心的笑容，那是極為真誠、一點都不虛假的，看著那樣的笑容我就覺得好滿足，比賺到全世界的錢都快樂。」

纜車的終點就在眼前，書豪教練說：「不要緊張，雪杖拿高，雪板保持平行，好，起！」ㄔㄨㄚ啦一聲我落在雪地上，潔白的巨大陡坡在眼前無限展開，制高點的風雪讓我全身發抖。

好多人問我為什麼（即使滑得很爛仍舊）那麼喜歡滑雪。

或許是因為，每次站在恐懼的最頂端，望向無邊無際的害怕，只要一咬牙對自己說：「出發！」之後就快速墜入什麼都聽不到也看不到的世界，在那裡面只有我自己，極度渺小，極度空白，能充分感受到大自然和超自然的一切。

最終。眼睛又能看見，耳朵也能聽見，而且看得聽得比過去歲月加起來都清晰都銳利，好像有神與我同行，輕聲低語：「哈囉妳就是妳自己的霸道總裁喔。」（是說神也是言情控嗎？）

高雄男生

那天晚上在軍校路招計程車，雖然許多汽機車呼嘯而過，但沒有亮著燈的空車，人行道上沒行人，路燈昏黃，心裡感覺荒涼，先就自己怕了起來。

好不容易遠遠看到一輛，拚命揮手，車子從快車道切進來。一上去就後悔了，菸味很重，收音機很響，車裡很暗，司機理平頭，我跟他說到哪裡也沒回答，只是安靜地按下計費表。

前一天才一個年紀不大的計程車司機老里老氣地說：「現在大家都用叫車的，很少在路邊招啦，因為妳知道吧，有個彭婉如事件。」此時那句話在我腦中無限放大循環播放，比廣播節目還吵。

為了彰顯我是跟人家約好的，趕緊撥了電話給朋友，沒想到對方說啊不好意思可以晚一個半小時嗎？我回答好好沒問題，那先去找東西吃好了。抬頭想也沒想就開口：「不好意思，麻煩改去蓮池潭。」

平頭黝黑的男子幽幽地說：「蓮池潭那邊有東西吃嗎？」

媽呀，他剛剛真的有在聽我講電話耶。

「就，突然想去那邊走走。」心虛回答。

「人家都是白天去，妳現在去只有黑黑一潭水，是要看什麼？」

「啊，那個，從飯店望過去，好像燈光打得很漂亮。」

「妳要看還不如從前面架高的自行車道看，那邊視野才好。」

「喔。」好害怕，被教訓了。

「我跟妳說，不然現在我先載妳去左營吃東西，妳吃完可以用走的過去蓮池潭啊。」

「好啊好啊，左營有什麼好吃的嗎？」

他猛地一轉彎，從翠華路拐進世運大道，沒多久就到左營大路，這邊店多了，馬路變亮，瞬間安心很多。

他接著說：「就那個汾陽餛飩啊。」

「對了，我一直搞不清楚哪一間才是老店。」

「管他的嘞，看哪一間人多就進去……不過那家店是吃點心的，如果只吃那個妳半夜會餓。」

司機先生，你平常都這麼關心乘客嗎？不過我嘴上戰戰兢兢回答的卻是：「那，你覺得呢？」

「記得這邊有一家擔仔麵，還不錯……」他說著放慢車速，認真地把頭伸出車窗梭巡著對面店家。這時第一次看到他的臉，啊，其實長得滿帥的說。是那種我還小的時候，會偷偷喜歡的壞班男生的長相，他們如果可以順利長大變成中年人，說不定就是這樣的臉。

「找到了！」聲音仍是壓低很酷的，卻可以感覺到一絲開心在裡面。

雖然緬懷著青春，但要下車了還是忍不住鬆一口氣，付錢時他打開燈，整個人轉過來正面看著我，笑得有點壞但極度帥氣地說：「妳怎麼左營這麼不熟啊？等一下妳吃完東西，直直走，看到正忠排骨飯記得左轉，那條路就可以到蓮池潭。」

忙不迭道謝，匆匆穿過馬路，是間叫「農會」的擔仔麵店，跟傳統台南擔仔麵一樣，有個人坐在滿滿食材餐檯後的小板凳上，用漏勺燙麵燙米粉，做好的料理上面漂著圓圓小點油花，還有一片很薄的肉。

兩個店面大的空間都坐滿滿，一家人見我站著，爸爸咬著牙籤起身：「這裡給妳坐，我們吃飽了。」後來來了對帶著雙胞胎女兒的年輕夫妻，我們五人併桌，邊吃邊聊。騎樓人來人往，馬路車輛穿梭，我點的擔仔米粉跟魚蛋味道好好，燙地瓜葉用豬油蔥拌過十分美味。

吃完我跟念小班的可愛雙胞胎姊妹說拜拜，背起包包開始試圖尋找往蓮池潭的路。

不是走得很專心，因為自己一個人走在左營大路上這個現實讓我特別興奮，腦子裡亂跳出一些以前的事。突然旁邊馬路上響起很大的喇叭聲，把我從恍惚中驚醒。回頭張望一下，並沒有看見什麼車子糾紛的熱鬧，就繼續往前走。

怎麼越走越黑，而且這期間，車子喇叭聲又響了好多次。有點煩躁，覺得迷路了，決定跟賣檳榔的店家問路，他嘴裡嚼著檳榔，沒拿菸的那隻手比向我的來時路，「蓮池潭喔，妳過頭了啦，往那邊去才對啦，第一個路口右轉。」又有人按喇叭。

作夢似地往回走，果然經過了正忠排骨飯，這時一個畫面才終於傳到腦裡，下車前計程車司機說的，「看到正忠排骨飯記得左轉」，而且之前就是在這裡，第一次聽到喇叭聲。

莫非……

我站定，轉身，認真往馬路對面看去，過去幾分鐘裡我每次聽到喇叭聲都看到的那輛計程車，正停在遙對檳榔攤的馬路對面。

駕駛座的窗子是搖下來的，似乎感受到我的眼神，駕駛把手伸出來，指著我所在的那個路口猛揮了幾下，好像在說：「早就跟妳說正忠排骨左轉了，怎麼記不住啊！」

我點點頭，也不知他有沒有看到，左手還垂放在窗格外，就這麼單手抓方向盤，瀟灑往前呼嘯而去。

不知道他是一直等在擔仔麵對面擔心我，還是剛好又繞回來看見我走錯路。無論是哪個，都讓人覺得有點可怕又有點可愛。

我邊走邊笑出聲來，有點可怕又有點可愛，這就是高雄男生吧。

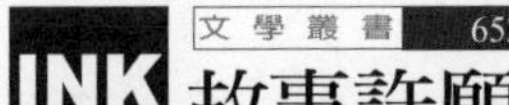

故事許願機
——你許一個願，我用一個眞實人生故事回答你

作　　者　王蘭芬
總 編 輯　初安民
內頁繪圖　Ligin Lee
責任編輯　宋敏菁
美術編輯　林麗華
校　　對　孫家琦 王蘭芬 宋敏菁

發 行 人　張書銘
出　　版　INK印刻文學生活雜誌出版股份有限公司
新北市中和區建一路249號8樓
電話：02-22281626
傳真：02-22281598
e-mail：ink.book@msa.hinet.net
網　　址　舒讀網http：//www.inksudu.com.tw

法律顧問　巨鼎博達法律事務所
施竣中律師
總 代 理　成陽出版股份有限公司
電話：03-3589000（代表號）
傳真：03-3556521
郵政劃撥　19785090 印刻文學生活雜誌出版股份有限公司
印　　刷　海王印刷事業股份有限公司

經銷　泛華發行代理有限公司
地　　址　香港新界將軍澳工業邨駿昌街7號2樓
電　　話　(852) 2798 2220
傳　　真　(852) 3181 3973
網　　址　www.gccd.com.hk

出版日期　2021 年 4 月　初版
2022 年 3 月 20 日　初版二刷
ISBN　978-986-387-396-9

定　價　330元

國家圖書館出版品預行編目資料

故事許願機——
你許一個願，我用一個眞實人生故事回答你 / 王蘭芬 著；
--初版，--新北市：INK印刻文學，
2021.04　面；14.8 × 21 公分（文學叢書；652）
ISBN 978-986-387-396-9（平裝）

863.55　110003472

舒　讀　網